光文社文庫

長編推理小説

棟居刑事の砂漠の喫茶店

『砂漠の喫茶店』改題

森村誠一

光　文　社

棟居刑事の砂漠の喫茶店——目次

砂漠のオアシス

1

帯広啓夫《おびひろひろお》は満五十七歳をもって、退職しようとおもっていた。五十七歳は刑事の勧奨《かんしょう》退職の対象年齢である。この年に退職すると、退職金が五割増しになる。

警視庁巡査を拝命して以来三十数年、寝食を忘れてひたすら社会の不正と闘い、犯人を追って来たが、これからは自分の自由に生きてもいいのではないかとおもった。

三十数年間、妻や家族にもずいぶんと寂しいおもいをさせてきた。子供たちは一応独立したが、これからは妻のそばにいてやりたい。

刑事という職業には、真の自由はない。たとえたまの休日に自宅で家族と共に寛《くつろ》いでいても、事件が発生すれば飛び出さなければならない。

久し振りに休暇を取って家族旅行に出かけようという矢先に電話が入って、殺人事件の現場に引っ張り出されたこともある。捜査本部に参加すれば、捜査のめどがつくまで家に帰れない。

本人は自分の使命感で働いているからよいが、家族は夫や父の仕事の犠牲となって、一般市民ならば当たり前のささやかな幸せや、家族の団欒《だんらん》から切り離されている。

そういう非人間的な生活に家族を耐えさせさせてきたのである。せめて定年後は、償《つぐな》って償えるものではないが、少しでも彼らが払った犠牲の穴埋めをしてやりたいとおもった。

また帯広自身も、社会の不正や血腥《ちなまぐさ》い事件から離れて、個人の自由を味わいたいとおもった。

五十七歳の定年まで、あと一年弱残すのみである。定年後は妻と共に海外旅行へ行こう。読みたい本、観たい映画を、飽きるほど読み、観たい。食べ歩きもしてみたい。

帯広は間もなく始まる自由の大海を目の前にして、さまざまな計画を立てていた。もはや休日に寛いでいても、あるいは家族旅行の直前に無粋な電話で引っ張り出されるようなことはない。

帯広は勧奨退職を受けることを決めてから、第一線から外された。窓際の身となって、すでに〝準毎日が日曜日族〟である。もはや常に居場所を明らかにしておく必要もない。

帯広は寂しさと同時に、これからが自分の純粋な人生であるとおもった。

これまでの人生は不純というわけではないが、職業による圧迫を受けていたことは否めない。警察官という職業は他から強制されたわけではなく、自分の意志で選んだものである。職業を選ぶということは生き方を選ぶということである。選んだ生き方に悔いはない。だが、その選択に家族の入り込む余地はなかった。個人の人生というものは家族を含むものである。家族を除外した人生は、やはり純粋とは言えないであろう。純粋ではない人生には、真の意味での自由はなかった。職業に自由を売ったのである。いや、職業に伴う使命感に自由を提供したのである。

定年退職と同時に使命感からも解放されて、自由を回復する。待望の個人の自由である。使命感のために閉じ込めてきた自由が、一斉に捌《は》け口に殺到してせめぎ合っている。したいことは山ほどあった。海外旅行などという大袈裟《おおげさ》なことの前に、とりあえず身の回りの開拓から始めたい。

三十余年間、警察に奉職して、家は寝に帰る場所でしかなかった。たまの休日は、疲労を回復するためにひたすら寝て過ごした。

家の近所を散歩するゆとりすらなかった。駅へ行く途中、すれちがった人から挨拶《あいさつ》されても、その人が隣人であることに気がつかなかった。帯広は隣人の顔すら知らなかった事実に、ショックをおぼえた。

自宅は個人の生活の拠点である。長年の隣人の顔すら知らなかったほど、帯広には個人の生活がなかったのである。

窓際に置かれてから帯広は、自宅の周辺の探検から始めた。海外旅行の前に、まず開拓しなければならない膝元《ひざもと》があった。未知の地平線のかなたへ行く前に、灯台下《もと》に光を当てなければならない。

帯広は身の回りにも魅力的な場所があることを発見した。なにげない街角のたたずまい、魅力的な商店街、一見袋小路のような路地を通り抜けると、まったくべつの街角へ出る。橋があり、川があり、公園がある。帯広にとっては日々小さな旅であった。

旅の規模は小さいが、発見は新しく大きい。むしろ身近に潜んでいたものの発見だけに、その驚きは大きく新鮮であった。

彼が社会の不正と凶悪な犯人たちと格闘している間に、こんなにも魅力的な存在を見過ごしていたのである。それは彼の人生にとって確実に損失《ロス》であった。

自由を回復してから、少しでもその損失を取り返さなければならない。自分のためだけではなく、家族のためにも取り返すべきものが多々あった。

帯広が〝準毎日が日曜日族〟になってから、自宅の近くに小さな喫茶店を発見した。近くといってもべつの町内にあり、帯広家の生活圏からは離れている。

山荘風の洒落《しゃれ》たリゾートスタイルの建て物で、当初、帯広はそれが喫茶店であることに気がつかなかった。

　ある日、ちょうどその建て物の前を通りかかったとき、偶然ドアが開いて、中から客が出て来た。開いたドアの隙間《すきま》から内部が覗《のぞ》けて、帯広はそこが喫茶店であることを知った。一瞬、開いたドアの間から流れ出たコーヒーの香りに誘われて、帯広は店に入った。インテリアは琥珀《こはく》色の色調に統一されて、カウンターを囲むように四、五脚のテーブル席が配されている。

　店内には香り高いコーヒーの芳香がこもっている。まばらな客はそれぞれの位置に居心地よさそうに席を占めて、静かな会話を交わしたり、本を読んだり、コーヒーやケーキをゆっくりと味わったりしていた。

　帯広は一目見て、その店が気に入った。インテリアの落ち着いた雰囲気、混みすぎもせず寂しすぎもしない常連客らしいそれぞれの定位置を占めた姿、無愛想でもなく押しつけがましくもない従業員、店内の空気は適当に流動していて心地よい。店内には耳障りにならぬ程度にクラシックの名曲が、せせらぎのように流れている。

　間もなく出されたコーヒーを一喫して、帯広は驚いた。味、香り、こく、いずれも申し分ない。食器はヨーロッパのブランドものであり、丹念に時間をかけて淹《い》れたコーヒーを、さらに熱くして出してくれる。コーヒーシュガーも吟味されている。

帯広は嬉《うれ》しくなった。灯台下暗しと言うが、膝元にこんなにうまいコーヒーを出す店があるとは知らなかった。この店のコーヒーを喫して、これまで彼が飲んでいたコーヒーと称する飲み物はなんであったかと疑った。これも彼の個人の人生の重大な損失であったと言えよう。帯広はその日からその店の常連になった。店の名前はコロポ（ボ）ックル。店主の北出《きたいで》は元ヤクザとか、脱サラとかいう噂《うわさ》はあるが、その真偽を確かめた者はいない。帯広はコロポックルに通うようになってから、速やかに常連たちと仲良くなった。常連たちはおおかた、この界隈《かいわい》に住んでいる人間であったが、中にはコロポックルのコーヒーを愛して車や自転車で通って来る者もあった。

喫茶店の客は酒場の客と異なり、隣り合った客同士がすぐに打ち解けて、小皿叩いてチャンチキおけさを共に歌うような仲にはならない。

だが、常連同士は顔馴染《かおなじ》みになると、どちらからともなく控え目に会釈を交わし、少しずつ言葉を交わすようになる。一杯のコーヒーを飲むわずかな間の人間関係であった。コーヒーと共に人生の断片をそこに残して行く。その断片がぶつかり合うことなく、コロポックルの琥珀色の空間の中で溶け合っている。

べつに詮索《せんさく》し合うわけではないが、常連の人生を垣間見ることがあった。袖振り合うも多生《たしょう》の縁と言うが、コーヒーを一喫する時間を共有しながら、人生のたまゆらを分かち合う。

常連の一人に地引《じびき》というタクシーの運転手がいた。彼は乗務の間に時折コロポックルに立ち寄った。たまたま二人の立ち寄る時間帯が重なることがあって、帯広はよく地引と行き合わせた。

「わしらは車庫を出れば、どこに引っ張られるかわからない極楽とんぼですよ。でも、運転手にはそれぞれの得意の地域というものがあります。見当外れの場所に引っ張られても、また自分の庭場（縄張り）へ帰って来てしまいます。そしていつの間にか、その庭場の中心にコロポックルがあることに気がつきました。東京は人間の海であると同時に、一人一人が砂粒のように孤立している人間の砂漠です。コロポックルはわしにとって人間砂漠の中のオアシスです。コロポックルで一休みしては、砂漠の中に車を出して行くんですよ」

と地引は帯広に語った。

「砂漠の中の喫茶店ですか。そう言われてみれば、私もこの店を見つけたときは、砂漠の中にオアシスを見つけたような気がしました。この店の客はみんな砂漠の旅人ですね」

帯広は毎日、大都会を流している地引ならではの言葉だとおもった。

夥《おびただ》しい人間が集まって来る都会は、人間が多すぎて、人間不信の構造とシステムが発達した。都会には人間の欲望の対象のすべてが、美しい包装と、きらめくイルミネーションの下に揃《そろ》っていながら、金のない者はそのわずかな破片《かけら》すら手に入れることができない。飢えた胃袋の前に、ショーウィンドー越しにご馳走《ちそう》の山を、これでもか、これでもかと見せつける。だが、金を持っていない飢えた人との間には、決して越えることのできない透明な壁が隔てている。都会は金を持っている人間だけにほほえむ街である。

毎日異なる乗客を乗せて運ぶ地引には、都会の砂漠を旅行する乗客たちの孤独が、身に沁《し》みるように実感できるのであろう。

コロポックルの常連たちは、この都会のオアシスに集まって、それぞれの孤独を舐《な》め合っているようであった。

帯広が言葉を交わすようになった常連は、地引のほかに稲葉《いなば》、三谷《みたに》、菊川《きくかわ》、尾花《おばな》、弘中《ひろなか》の五人である。

稲葉は四十代後半から五十前後の、瞳の色の冷たい、いかにも頭のよさそうなエリートタイプの人間である。彼はある中央官庁の元役人で、現在は小さな民間会社の経理を見ているという。

三谷は元力士ということで、近くでちゃんこ鍋の店を開いていると聞いた。

菊川は新聞記者上がりのフリーライターという触れ込みである。

尾花藤江《ふじえ》は二十代後半から三十前後と見える、全身に成熟した色気をまぶしている女で、以前は左褄《ひだりづま》を取っていたという噂がある。彼女の色気には職業的に訓練されたような年季が入っており、そのキャリアをうかがわせる。

弘中は三十代半ばと見える精悍《せいかん》な風貌《ふうぼう》と、筋肉質の体軀《たいく》を持った男で、ビル清掃の高所作業員ということである。

コーヒーを飲む間のわずかな触れ合いにすぎないが、彼らが身辺に醸《かも》し出している雰囲気は、いずれも彼らが背負っている人生のしたたかさを感じさせた。それを感じ取った帯広も、その半生が尋常ではなかったことを示すものであろう。

したたかな人生を背負った者同士が、同類のにおいを敏感に嗅《か》ぎ取ったのかもしれない。

コロポックルは不思議な店であった。この店に集まる常連たちは、いずれもそれぞれの人生に債務を抱えているように見えた。

実際に莫大《ばくだい》な借金を背負っている者もいるかもしれない。だが、借金だけではない。心になんらかの債務を抱えているようである。人生の重い債務をコロポックルに来たときだけ、束《つか》の間《ま》下ろして、ほっと休息している。そんな感じなのである。

帯広自身、他人《ひと》には言えない債務を抱えているだけに、債務を背負った人間のため息が聞こえるような気がする。

彼らは人生に敗れたわけではないだろう。だが、人生の途上で他人を傷つけ、自分自身も大きく傷ついた人たちがその傷痕《きずあと》を隠して、しばし憩うている。

彼らの傷口は完全に塞《ふさ》がったわけではなく、まだ血を流しつづけているかもしれない。傷口を心の債務として抱え、コロポックルへやって来る。

酒場のように見知らぬ他人と酒を酌《く》み交わし、人生の傷口を舐め合うようなことはない。コーヒーという飲み物は酒のように酌み交わすものではなく、孤独な飲料である。

一人一人がカップの中のコーヒーにそれぞれの人生を煮つめたようにしている。それでいながら、コーヒーの空間にはマイルドな親和性がある。特に行きつけの店の常連同士には、その店の雰囲気とコーヒーの味を共有する穏やかなコミュニティーの成員としての親近感がある。

時間以外に、だれにも治癒《ちゆ》できない傷を抱えている者には、その傷を他人と舐め合うことはできない。だれにも話せないし、話したくもない。そんな傷を抱えている者にとっては、コロポックルの常連のようにそれぞれが適当な距離を保ったクールな親和性が快かった。

要するに、人生の傷を舐め合うようなそんな大袈裟な仲間は欲していない。それでいながら距離を置いて、なんとなくそれぞれの痛みをわかり合っているような同類。そんな人間がコロポックルに集まって来ているようである。

それぞれが孤独であるが、コロポックルにいる間は、決して群衆の中の孤独ではない。孤独な傷口と債務をわかり合える空間であった。彼らを結ぶ共通項がコロポックルの香り高いコーヒーであった。

2

コロポックルに通うようになってから半年ほどたったある日、帯広がコロポックルに立ち寄ると、店の前に一匹のダックスフントがつながれていた。店内に動物の連れ込みは禁止されているので、時どき客のペットが店の前につながれて、おとなしく主人が帰るのを待っている。初めて見るダックスフントであった。

常連のペットは帯広の顔見知りである。ペット同士が仲良くなって、喧嘩《けんか》することもない。そのダックスフントは初見参であった。

ドアを押して店内に入ると、カウンターに面したスツールに若い女が座っていた。二十代半ばから後半、彫りの深い目鼻だちに、無造作に仕上げたような短めの髪がアダルトな雰囲気を醸し出している。

短めのジャケットにストレッチパンツを穿《は》き、いかにも散歩の途上立ち寄ったというような軽快ないでたちである。初めて見かける客であった。表につないだダックスフントの飼い主であろう。

彼女はコロポックルの売り物であるブレンドを前にして、細巻きの煙草《たばこ》を指につまんでいた。煙草をつまんだままカップを手に取って口に運ぶ恰好《かっこう》が様になっている。

彼女は味わうようにゆっくりとコーヒーを喫し、その合間に煙草を吸った。コーヒーと煙草を相互に補い合わせているような喫し方であった。

スツールはおおむね常連の指定席である。それを知ってか知らずか、彼女は悠然《ゆうぜん》とスツールに席を占めて寛《くつろ》いでいる。その様子がいかにも常連のように場馴れして見えた。

最近、この界隈に引っ越して来たのかもしれない。ペットを連れている客はそれほど遠方からは来ない。さりげない服装や化粧が洗練されていて、身辺に都会的な倦怠感《アンニュイ》が漂っている。

もし彼女が常連に加わったならば、尾花と対《つい》をなしてコロポックルを彩る花になるだろう。帯広は勝手な想像をめぐらせた。

その日を嚆矢《こうし》に、彼女は時折コロポックルに姿を見せるようになった。

だが、帯広がその女に惹《ひ》かれたのは容姿や雰囲気だけではない。彼女に以前どこかで出会ったような気がしたからである。

いつ、どこで会ったかおもいだせないが、どこかで出会っている。それも街角ですれちがったような出会いではなく、彼の人生になんらかの関わりを持った出会いのような気がする。

親しい人の他人の空似《そらに》を見いだして、はて、だれに似ているのかおもいだせずにもどかしいおもいをすることがある。そんな感じに似ているが、他人の空似ではなく、本人に出会っているような気がしてならない。

かなり以前に出会い、年月が経過する間に記憶の風化と同時に、本人の様子も変わってしまったせいでおもいだせないのかもしれない。

コロポックルで彼女を初めて見かけたとき、彼女は帯広に対してなんの反応も示さなかった。彼女が帯広に出会ったことをおぼえていれば、なんらかの反応を見せたはずである。彼女もきっと帯広を忘れているのであろう。

おもいだせないことが心を圧迫して、彼女に向ける興味を促した。

だが、立ち寄る時間が一定しておらず、帯広がその後、彼女を見かけたのは二度だけであった。

彼女に最後に出会ってから一ヵ月ほど後、帯広がコロポックルに立ち寄ると、彼女のダックスフントが店先につながれていた。

（ようやく会えたな）

帯広は年甲斐《としがい》もなく少し胸をときめかせながらドアを押したが、店内に彼女の姿は見えなかった。トイレにでも立ったのだろうとしばらく心待ちにしていたが、一向に姿を現わさない。

彼女の定位置になっているカウンター席にも、コーヒーカップやグラスは出されていない。

帯広はおもいきって店長の北出に尋ねた。

「表につながれている犬の飼い主が見えないようだが」

「そのことで困っているんですよ。あの犬は置き去りにされたのです」

北出が答えた。

「置き去りに……？」

帯広はその意味がすぐにはわからなかった。

「三日ほど前に、飼い主の彼女が見えましてね、犬を残したまま帰っちゃったんですよ。飼い犬を忘れるなんて、なんと忘れっぽい客だろうとおもっていたのですが、その後今日まで、三日しても引き取りに来ません。どうもあの犬は飼い主から捨てられたようです」

北出は言った。

「店の前につないだまま置き去りにしたということは、お宅に飼ってくれという意味かね」

「たぶんそういうことでしょう。店に置けば、お客さんの中から飼ってもいいという人が現われるかもしれません。そんな期待もあって、店の前に捨てて行ったんじゃありませんかね」

北出が帯広の顔色を探るように言った。帯広に飼ってみないかと謎をかけているようである。

「飼い主の住所はわからないのかね」

「住所も名前もわかりません。喫茶店の客にいちいちそんなことは聞きませんからね」

「鑑札はつけていないのですか」

「置き去りにされたとき、鑑札は外されていました」

「しかし、犬を連れて何度か来たのだから、この界隈に住んでいるんだろう。常連の中に彼女を知っている者はいないのかね」

「それが、だれも知らないんですよ。界隈といっても地域が少しずれると、べつの世界になってしまいます」

帯広自身、この地域に居を定めて二十数年、コロポックルが開店して十数年になるが、店の存在を知ったのは半年前である。自宅と職場（おおむね捜査本部）との往復だけで、自宅の近所をゆっくりと散歩することもなかった。

彼女がコロポックルの近所に住んでいたとしても、同じ生活圏に入っていなければ、常連が知らなくとも不思議はない。

きっと転居することになって、犬を連れて行けなくなり、コロポックルに置き去りにしたのであろう。

それにしても無責任な飼い主である。彼女の常連化の夢はあえなく潰《つい》えた。

「なかなか美《い》い女でしたね。コロポックルに来る楽しみがまた一つ増えるかもしれないとおもっていたのに、残念なことをしました」

一緒になった菊川が話しかけた。彼も帯広と同じようなことを想像していたらしい。

「あの女は、ただの女《タマ》ではありませんよ。きっといわくつきの女にちがいない」

菊川が言葉を追加した。

「どうしてそうおもわれたのですか」

帯広も同じようなにおいを嗅いでいたので、菊川の嗅覚《きゅうかく》に少し驚いた。元新聞記者と言うから、刑事と同じような鼻を持っているのであろう。

だが、一口にいわくつきと言ってもいろいろある。帯広は彼女が身辺に漂わせていたアンニュイな雰囲気に、危険な気配を感じ取っていた。

その気配が男にとって危険なのか、彼女自身が危険な淵《ふち》に臨んでいるのか。それはもう少し近づいてみなければわからなかった。

「まあ、あまり近づかない方が無難だという感じのいわくつきですね。もっとも当方にはそんな野心はありませんでしたが」

菊川が自嘲《じちよう》するように言った。

彼女をコロポックルの花として眺めたいとはおもっても、しょせん自分とは縁のない花としての距離を置いている。その点は帯広と同じであった。いや、コロポックルの常連はすべて、自分の身辺にそのような距離を設けていると言えよう。

「彼女には近づかない方が無難であっても、犬ならばいいでしょう。飼い主から捨てられた犬が可哀想です。私が引き取ろうかな」

「えっ、帯広さんが彼女の犬を飼うのですか」

菊川が驚いたような声を発して、店に居合わせた者の視線が集まった。

「私も間もなく定年でしてね、毎日が日曜日になります。毎日の散歩に犬がいてもいいなとおもっていました」

「帯広さんに飼われれば、犬も幸せでしょう。これまで私が餌《えさ》をやってきましたが、店内連れ込みをご遠慮願っている手前、晴れて飼うわけにはいきませんので困っていたのです」

北出はほっとしたように言った。

「コロポックルで拾ったのだから、コロとでも名づけますか」

「コロか……いい名前ですね」

菊川が応じた。

ひょんなめぐり合わせから、女がコロポックルに置き去りにした犬を飼う羽目になった。コロは人懐《ひとなつ》っこく、帯広や妻にすぐに懐いた。テレビが好きで、テレビの前によく座り込んでいる。

「人懐っこいので番犬にはならないわね」

妻は言った。

「まさか、我が家に泥棒に入る者はあるまい。入ったところで、盗《と》るほどのものもない」

帯広は苦笑した。

退職刑事の家に泥棒に入られるようでは、なめられたものである。だが、警察手帳を返上すれば、ただの人である。窓際に座って、これまで背負っていた警察の権威と、末端に連なっていた権力の偉大さをおもい知らされた。

警察の権威をひけらかしたことは一度もないが、彼の素性を知っている者は必ず先方から頭を下げてきた。

本部長や署長のような殿様クラスではなくとも、警部補、巡査部長クラスの名刺でも商売に悪用される。

地元の有力者が敬意を表し、恐持《こわも》てのヤクザが道を譲る。地元の飲食店ではポリ割りと呼ぶ警察料金を設けているところが多い。自分ではクリーンのつもりが、いつの間にか供応されている。

地元に愛される警察として地域社会に密着している間に腐敗する危険があるのは、警察官の背負う権力に、甘きに群れる蟻《あり》のように業者が集まって来るからである。

クリーンに徹していたつもりでも、いつの間にか不正に取り込まれてしまうことがある。権威を背負い慣れた身には、ただの人間に還《かえ》るのが難しい。

人生の債権取立人

1

　定年の日まであと数ヵ月と迫ったとき、都下で一件の事件が発生した。

　都下町田市管内の、地元でこうもり山と呼ばれる丘陵地の雑木林の中で、若い女性の変死体が、野鳥の写真を撮影に来たカメラマンによって発見された。

　通報を受けた町田署から捜査員が臨場して死体を調べたところ、首筋にロープが巻きつけられ、索溝《さっこう》（紐《ひも》で絞めた痕《あと》）が斜め上方に走っている。

　死体が横たわっていた近くの松の木の枝にロープがかけられ、ロープの末端が切れている。これは本人が自殺するつもりで松の枝にロープをかけ、首を入れて体重をかけたところ、ロープが体重に耐えられず切れた状況を示している。

　なお、首の索溝に加えて、後頭部に鈍体の作用による打撲傷が認められ、死体の近くの地上に岩石が露出していた。

ロープが切れて落下した弾みに後頭部が地上の岩石に接触して、打撲傷が形成されたという状況でもある。

被害者は二十代半ばから後半、髪は短く刈り上げ、化粧は濃い。白いブラウスの上にルーズな厚手のセーターを着し、レザーのパンツを穿《は》いている。自殺の状況が濃かったが、遺書はない。身許《みもと》を示すような所持品はない。周辺を検索してもバッグ、その他の所持品は発見されなかった。着衣は乱れていない。

死因はロープによる縊首《いしゅ》か、後頭部の打撲か不明である。また自殺と断定するには一抹の疑惑が残ったので、検視官は司法解剖に委《ゆだ》ねることにした。

一見自殺の状況であるが、首にロープを巻きつけて絞殺した死体を、木にぶら下げて縊死したように見せかける場合があるので、見かけから自殺と判定するわけにはいかない。

後頭部の打撲傷については、地上の岩石と接触した可能性が大であるが、死体が発見されるまで雨が降っており、岩石に付着していたかもしれない血痕は洗い流されていた。

死体は解剖のために搬出された。

解剖の結果、死因は索条を首にかけて頸部《けいぶ》を圧迫した気道閉鎖による窒息。後頭部の打撲傷は生前または死後の形成か判然としない。

死亡推定時刻は昨夜二月二十日午後九時から午前零時の間、胃および十二指腸内にかなり消化された魚肉、豚肉、野菜、麺類等の中華料理と推定される食物残渣《ざんさ》が認められ、食後二〜三時間程度と推測される。

薬毒物の服用は認められない。

生前の情交、死後の姦淫《かんいん》等の痕跡は確認されない。

なお検体は、妊娠《にんしん》五ヵ月と認められた、というものである。

解剖所見は自・他殺いずれとも意見を述べていなかった。ここに町田署に自・他殺両面の構えで捜査本部が開設された。

2

管内で発生した若い女の自殺事件を、帯広は当初、他人事《ひとごと》のように見ていた。解剖の結果、どうやら自殺の方向に傾いているらしい。自・他殺いずれであろうと、定年まであと数ヵ月の帯広には、もはや関係ないことである。

若い女の自殺は、おおむね色恋沙汰《ざた》が原因である。おもいつめて死を選んだのであろうが、乗り越えてしまえば、あのとき死のうとしたことがばかばかしくおもえるものである。

帯広のように人間の不本意な死を多く見てきた者は、恋のトラブルだけが人生のすべてではないことを知っている。帯広は若い身空で死を選んだ女を可哀想だとはおもったが、それ以上の関心はなかった。

だが、鑑識が撮影して来た死者の写真を見た帯広は、目を剝《む》いた。

「こ、この女は」

帯広の反応に、臨場した若い同僚が問うた。

「帯《オビ》さんの知っている人ですか」

「知っているというほどではないがね、行きつけの喫茶店で二、三度見かけたことがある」

「ほんとですか」

若い同僚の顔色が改まった。

被写体は少し様子が変わっていたが、まぎれもなくコロポックルで見かけたコロの飼い主であった。

彼女が都下町田市の山中で首をくくって死んでいた。コロを捨てたのは自殺をするための準備であったのか。

「名前も住所も知らないのだが、たしかにこの女性だよ。まさか彼女が自殺するとはね」

帯広は彼女がコロポックルの常連になれば、と密《ひそ》かに願ったことをおもいだした。

帯広は他人事のように見過ごしてきた事件を、改めて見つめ直した。

帯広は捜査本部に参加した捜査一課の顔見知りの、棟居《むねすえ》に会いに行った。

「こうもり山で発見された死者《ホトケ》のことですが、自殺の線が濃いそうですね」

「一応そういう方向になっているようです」

棟居が答えた。

「一応と言うと……なにか疑問でもあるのですか」

「死体はたしかに自殺の状況を示しています。しかし、遺書も身につけていませんし、胎児の父親がなにも言ってきません」

棟居は釈然としないような表情で言った。

「遺書を書かない自殺者は少なくないですよ。それに妊娠の相手方にも名乗り出られない事情があるのではないでしょうか」

「オビさんも自殺だとおもっているのですか」

「断定はできません。ですが、状況としては自殺の線が濃いでしょうね」

人目を憚《はばか》る不倫の関係の間に、女が妊娠した。二人には産めない事情がある。女が不毛の愛に絶望して自ら生命を絶った。よくある構図である。

だが、男の中絶要請に対して、あくまでも産むと言い張った女を男が殺して、自殺を偽装した。これもあり得るケースである。

「まだ身許はわからないのですか」

「コンピューターに照会しましたが、捜索願を出された家出人や所在不明者、また前歴者に該当者はありませんでした。現在、一般からの情報待ちというところです。オビさんに死体《ホトケ》の身許について、なにか心当たりが……」

「私の行きつけの喫茶店で、姿を二、三度見かけたことがあります」

「行きつけの喫茶店で見かけた……それでは、その喫茶店《さてん》に死者《ホトケ》の身許を知っている者がいるかもしれませんね」

「私も聞いてみたんですが、最近ふらりと何度か立ち寄っただけで、だれも素性を知らないそうです」

「オビさんも、なにかこの死体《ホトケ》に引っかかるので？」

棟居が帯広の顔を覗《のぞ》き込むようにした。

「袖振り合うも多生の縁と言うでしょう。同じ喫茶店で二、三度行き合わせただけですが、もう一つ妙な因縁があるんです」

「妙な因縁と言うと……」

帯広は棟居に、彼女が置き去りにした犬を引き取ったことを話した。

「そういう関わりがあったのですか。その犬が彼女の形見ということになりますね」

「遺品ではなく遺犬ですね。犬が口をきければ、彼女が死んだ理由を話してくれるかもしれません」

「オビさんも死因を疑っていますね」

棟居が帯広の顔色を探った。

「首の索溝は下から上に斜めについていたそうですね。これが絞殺した死体をぶら下げたのであれば、索溝がずれているはずです。また死体をぶら下げたのであれば、解剖で見破られるでしょう。しかし、生きている人間を強制的に木にぶら下げれば、死体は縊首《ブランコ》と同じ状況になります。ロープが体重を支え切れず、切れて死体が地上に落ち、露出していた岩に後頭部を打ちつけたと推測されているようですが、木にぶら下がった死体が地上に落ちるとすれば、足から落ちるのではないでしょうか。足から落ちて後頭部を岩に打ちつけるということがあるでしょうか」

「その点は問題になりましたが、いったん足から地上に落ちて、バウンドして後頭部を岩に接触したのではないかと見られています」

「バウンドねえ……バウンドして、うまいところに岩があったもんですね。死者《ホトケ》にとってはまずいところと言うべきでしょうが、そのとき死んでいれば、どちらにしても同じことです。

ところで、その岩角からは血液反応は出たのですか」

「あいにく当夜、強い雨が現場界隈《かいわい》に降って、証拠資料が洗い流されてしまいました」

「血液の検査は一、二万倍に希釈されても反応する鋭敏なものですが」

「とにかく血液反応はありませんでした。そのことも引っかかる一つの要素です」

3

事件が報道されて間もなく反応があった。

世田谷区内のマンションの管理人が、報道された死者の特徴が入居者の女性に似ていると申し出てきたのである。

早速管理人に要請して遺体を確認してもらったところ、門井純子《かどいじゅんこ》、二十八歳、OL、世田谷区上祖師谷《かみそしがや》五—××、「祖師谷アビタシオン」五〇一と身許が判明した。

彼女の住居は帯広の家からさほど離れていなかったが、彼の住居がある都下の隣区にあたり、行政上の生活圏が離れている。

帯広は死者の名前を知って、愕然《がくぜん》となった。どうしてもおもいだせなかった彼女との出会いの場面が記憶によみがえったのである。

門井という名前は珍しくもないが、ありふれてもいない。だが、門井という名前がスパークして、彼の記憶に刻みつけられた名前と顔に重なった。

「門井正作《しょうさく》の娘だったのか」

帯広はうめいた。あれから十五年経過していたために、あのときの少女が成長して、すっかり様変わりしていたので気がつかなかったが、門井純子のマスクの基底にあの少女の顔があった。

帯広の人生に背負わされた債務の核《コア》に居座っている少女である。それほど重大な人物と再会して、どうしておもいださなかったのか。

少女が別人のように変わっていたせいもあるが、帯広の心に人生の債務が重苦しくのしかかり、自衛本能から無意識のうちに忘れようと努めていたのである。

門井純子の父、正作は帯広の刑事生活を通して担当した殺人の捜査百三十八件中唯一の汚点であった。

十五年前、練馬区内のスナック菓子製造会社の社長の家で、社長夫妻と二人の子供一家四人が鋭利な刃物で刺殺される事件が起きた。間もなく同社の元従業員門井正作が逮捕された。

門井は犯行日一ヵ月ほど前に、勤務態度が悪いことを社長から叱責《しっせき》されて、解雇されていた。

現場は血の海で、犯人は大量の返り血を浴びていると見られていた。門井の自宅から血痕の付着した着衣と、マイカーから血痕が発見された。血痕は被害者の血液型と符合した。だが、犯行に用いた凶器は発見されなかった。

捜査本部は門井が解雇されたことを逆恨みしての犯行と見た。門井の逮捕に当たったのが、捜査本部に参加した帯広であった。

門井は当初、犯行当夜、社長邸に行ったことは認めたが、犯行は否認した。彼は馘《くび》にされた後、再就職活動がうまくいかず、態度を改めるからもう一度使ってくれと社長に頼むつもりで社長宅に行ったところ、すでに社長一家は殺害されていたと主張した。

凶器は発見されなかったが、すべての状況は門井が犯人であることを指していた。

捜査員の粘り強い取り調べの前に、門井はついに犯行を自供した。

第一回公判から、門井は自白を強要されたとして起訴事実を否認し、争ったが、第一審では死刑を宣告された。

控訴中、もともと血圧の高かった門井は、脳卒中の発作を起こして死亡した。

門井が死亡して一年後、強盗事件の犯人として逮捕された三十一歳の季節労働者が、余罪として社長一家殺しを自供した。捜査陣の誤認逮捕であった。

凶器が発見されなかったことに一抹の危惧《きぐ》はあったものの、門井は犯人像として申し分なかった。

逮捕から二十日間にわたる取り調べに、門井は疲労困憊《こんぱい》していた。疲労の極みに達した容疑者は、正常な思考、判断力を失い、もうどうでもいいと無気力になってしまう。捜査陣はそこを攻めて攻めて、攻めまくり、ついに自供に追い込んだのである。

帯広は門井を逮捕したとき、捜査員を憎しみと怒りを込めて見つめた少女のまなざしを忘れることができない。結局、門井は濡れ衣《ぬれぎぬ》を着せられたまま、獄死したのである。逮捕から峻烈《しゅんれつ》な取り調べ、未決の獄中生活が彼の寿命を縮めたのは確かである。

死後、彼の無実がわかったが、もはや彼の生命はよみがえらない。門井の死後、その細君も病死したと聞いた。娘の消息は不明であった。

十五年後、コロポックルで彼女に再会したとき、その目からはかつての少女の目に塗り込められていた怒りと憎しみの色が消え、都会に疲れた人間の倦怠感《アンニュイ》があった。そのために、あのときの少女のまなざしと重なり合わなかったのであろう。

帯広には定年退職を控えて、門井父子が古い債権を取り立てに来たような気がした。個人の自由を購《あがな》う前に、半生に背負った債務を支払わなければならない。

捜査本部は自殺の線に傾いているようであるが、捜査本部を設置したということは、彼女の死因に疑惑があったからであろう。

帯広は門井純子が死んだ現場を見に行くことにした。棟居に話すと、案内役を買って出た。

捜査本部の客

1

現場の山林は町田市上小山田町域にある。町田市北部に位置しており、多摩市や八王子市と隣接している。町田市では最も人口密度の低い地域で、丘陵性の低い山と谷《やつ》が複雑に入り組んでいる起伏に富んだ地域である。

三月上旬の雑木林はまだ春が浅く、斜面の樹林はおおかた裸である。だが、林間に春の芽が開きかけて、浅緑の色彩がたゆたっている。

門口に来ている春が、春を待ち望んでいる人たちをじらしているかのように、林間に春の陽射しを落とし、生命のよみがえりを予感させるようなエネルギーを内包させている。

草むらから突然、ばたばたと鳥が飛び立った。

「キジかな」

都会育ちの棟居が言った。

「コジュケイですよ」

帯広が訂正した。

多摩の自然が濃厚に残っているが、貪欲《どんよく》に延ばされてくる鉄道や道路と共に、丘陵が削られ、谷戸《やと》が切り開かれてニュータウンが建設され、ゴルフ場が版図を広げて虫食いだらけにされてしまっている。

車で入れるところまで入り、そこから徒歩で丘陵の山腹を登る。櫟《くぬぎ》、小楢《こなら》を主体に、桜の古木や栗《くり》、松、杉などが混生している。山腹の雑木林を分けるように少し登ると、件《くだん》の松の木があった。

「その枝にロープをかけたのです。枝の上に紐《ひも》の痕《あと》が少し残っているでしょう」

棟居が指さした方角に、背伸びをした指の先が触れるか触れないか程度の高さに、太い枝を伸ばしている。

「ここにロープをかけるとなると、かなり苦労したでしょうね」

帯広は門井純子の標準の背丈をおもいだしながら言った。

「ロープの先端になにか重しを結びつけて、投げ上げたのでしょう」

棟居が言った。

「松の枝をまたいでロープをダブルに垂らし、両端を結んで、そこに首を入れた。しかし、この枝の高さではロープが切れて落ちたところで、大したショックにはなりませんな」

枝の高さを睨《にら》んだ帯広は言った。

現場から踏み台は発見されていないという。枝をまたいだロープの輪を短く調節しても、足は地上からいくらも離れていなかったであろう。もっとも足が地上に着いても膝《ひざ》を折り曲げて縊首《いしゅ》することはできる。

「ここに岩があります」

棟居は林床に露出している岩を指し示した。

帯広は松の枝と岩の位置関係を目で測って、

「これではロープが切れ、地上に落下してバウンドしても、後頭部を打ち当てるのは難しいのではありませんか」

と言った。

「私もそうおもいます。しかし、捜査本部では弾みの力というものは予測し難いから、後頭部が岩に絶対に当たらないとは言えないという意見が強いのです」

「それにしても、若い女性が雨が降りしきる深夜、こんな寂しい山の中に自殺をするために入り込むでしょうかね。もっと簡単な自殺方法がいくらでもあるのに」

帯広は現場を見て、ますます疑いを強くした。

「門井純子が死んだ二月の下旬は、かなり寒かったでしょう。みぞれになっていたかもしれません」

帯広は言った。

「私も若い女性が自殺をする場所にしては、なにか半端な気がします」

棟居が我が意を得たりと言うようにうなずいた。

「棟《ムネ》さん、これは自殺ではありませんね」

帯広が光る目を宙に据えた。

「私もそうおもいます」

「妊娠した女性が、胎児の父親に認知されず、不毛の愛を悲しんで自殺をする。一見ありそうなケースです。しかし、女にとって子供は最強の武器だったはずです。仮に男が認知せず、あるいは中絶を勧めたとしても、女があくまでも産むと言い張ればどうすることもできません。男は立場上、子供を産めない状況にある。そんな男に対して女が妊娠したということは、女の立場を強くするものではないでしょうか。せっかく最強の武器を手に入れた女が、さっさと世をはかなんで死ぬものでしょうか。死ぬとしても、流産したか、男の圧力に負けて子供を堕胎《だたい》した後死ぬのではないでしょうか」

「女の心理からいっても、自殺は無理ですね」

「解剖では判定を避けていましたが、まず頭を殴って意識を失わせ、木に吊るしたのでしょう」

二人は現場を踏んで、再確認した。

2

棟居から聞いたところによると、門井純子の居宅を捜索したが、自殺の理由を示すような遺書や手がかりのようなものは一切発見されなかったという。また男のにおいもなかった。

彼女は新宿三丁目のクラブ「ブーケ」のホステスであった。売れっ子で、客の人気を集めていた。だが、特定の関係の客はいなかった模様である。客の人気をほとんど独占していただけに、すべての客と等距離外交を保っていた。

彼女は客から飛行機手形と渾名《あだな》を奉られていたそうである。落ちそうで落ちないところを皮肉られたのである。

「身持ちが固かったということは、特定の男がいた状況でもあります。しかし、店の客や従業員には特に親しくしていた男は見当たりませんでした。また住居の遺品の中からは、男の手がかりは見いだせませんでした。男がいたとしても、その気配を巧妙に、しかも完《かん》璧《ぺき》に消しています。

しかし、門井純子には胎児という、男がいた歴然たる証拠があります。女に子供をつくりながら気配も残していない関係の男は、尋常ではないとおもいますよ」

棟居が言った。

「捜査本部は依然として自殺の線が強いのですか」

「自殺に傾いています。しかし、少数派ながら他殺説も根強く残っています」

「実は、この死体《ホトケ》には少々因縁がありましてね、課長に頼んで捜査本部《テント》に参加させてもらおうかとおもっているのです」

「犬の縁ですか」

「それだけではないのです」

「オビさんもなかなか隅に置けませんね」

「そんなんじゃないんです。いずれ話します」

べつに隠すことでもないが、自分が終生心に背負った債務を他人に語っても仕方がないとおもった。

刑事ならばこのような債務をだれでも一つや二つ、背負っているかもしれない。中には債務とおもっていない者もいるだろう。

刑事のおおかたは、社会正義と警察の威信のために、犯人を追っているのではない。猟犬が獲物を追うように、犯人を追うことが習性として身に染《し》みついてしまったのである。習性で犯人を追い、犯人を捕らえれば、刑事の得点《ポイント》となる。

刑事が捕らえた犯人を検察官が起訴し、裁判官が有罪にする。そうすることが体制に連なる者のポイントとなるのである。

犯罪があり、ある人間が容疑者として逮捕された時点から、警察官、検察官、裁判官らの体制に連なる者は、容疑者を犯人とすべく全力を挙げる。

逮捕後、あるいは起訴後、実は犯人ではなかったということになれば、確実に体制側の失点となる。誤認逮捕や無罪ばかりを取る警察官や検事は絶対に出世しない。公正であるべきはずの裁判官すら、有罪を言い渡す方が好きである。

警察は犯人を追い、検察は有罪にするように体制的な構造になっているのである。つまり刑事は、構造的に犯人を追っている。使命感や正義感からではなく、構造的に犯人を追う刑事に、心の債務などはあり得ようはずがない。

誤認逮捕し、これに基づいて起訴し、有罪を言い渡した後で真犯人が現われても、警察官も検察官も裁判官も、濡《ぬ》れ衣《ぎぬ》を着せられた人に対して謝罪することはない。むしろ自分の失点となることを恐れ、被告人がうまいこと逃げたとおもう。

帯広はそういう刑事にはなりたくないとおもってきた。だが、いつの間にか自分も体制の中に組み込まれ、構造的に犯人を追っている間に、使命感や正義感が習性の前に色あせていたことを否めない。

刑事の習性がその使命感や正義感を見失わせるとしたら、由々《ゆゆ》しき大事である。帯広は窓際に近づいて、その現実を知り、愕然《がくぜん》とした。

刑事の習性が冤罪《えんざい》の土壌をつくっているのだ。いまとなっては誤認逮捕した門井正作の生命は戻らない。

真犯人が現われて、門井の名誉は死後、回復されたものの、本人はその事実を知ることができない。墓の前に土下座をしたところで、なんの贖罪《しょくざい》にもならないのである。

帯広は心の債務を背負ったまま定年を迎えて、個人の自由の中に逃げ込もうとしていた。あるいはその重さに耐えきれず、勧奨《かんしょう》退職年齢を機会に、五割増しの退職金を手にして逃げ出そうとしていたのかもしれない。

第二の人生をスタートするに際して、第一の人生の債務を清算しないまま放り出してしまう。にっちもさっちもいかなくなった会社を倒産させて、新会社を設立するようなものである。ある意味では卑怯《ひきょう》な定年と言えよう。

その定年を前にして、古い債務が立ち上がってきたのだ。この債務を返済せずには、第二の人生のスタートは切れない。

これまで、刑事の習性とはいえ、社会悪と闘ってきたのはなんのためであるか。いまここで逃げれば、帯広のこれまでの半生を否定してしまうような気がした。

現場を見た後、帯広は課長に捜査本部に参加させてくれるように頼んだ。課長は驚いたような目を帯広に向けた。

刑事ならどんな事件にでも首を突っ込めるわけではない。捜査一課、強行犯捜査、一係から十係まで百人を超える刑事がいて、それぞれの事件の捜査を担当する。

このうち一係は捜査に直接関与せず、庶務を担当する。

二係はタレコミによる犯罪の発掘や、迷宮入りした難事件の継続捜査に当たる。

三係から十係までが捜査本部事件に配されて、捜査の支柱となって動く。

まず事件発生の通報と共に、在庁番《ざいちょうばん》と呼ばれる待機組が現場に急行して行く。在庁番が出動すると、事件解決後束の間《つかのま》の休息（自宅待機）に入っている者に在庁がかけられる。

在庁組はベグと部内で呼んでいる約一週間分の下着や洗面道具、非常食などを入れたサバイバルバッグを常に大部屋に用意している。いざ鎌倉のとき、いつでも飛び出せるスクランブル態勢である。

このようにして、強行犯捜査三係から十係までが順番に事件を担当する。自分の好みの事件を担当できるわけではない。

いまや捜査は徹底した縦割りの組織的な捜査となっており、名刑事のスタンドプレイや推理によって事件を解決するようになっていない。

刑事の習性が体制に組み込まれたように、捜査環境も体制的になっている。

そこへ窓際に退いた帯広が捜査本部に参加させてくれと申し出てきたものだから、課長は驚いたのである。

「実は、死体《ホトケ》に少々個人的な因縁があるものですから、ぜひとも捜査本部《テント》に参加させていただきたいのです」

帯広の真剣な表情に、課長は潜んでいる事情を察したようである。

「オビさんに出てもらうほどの難事件でもなさそうだがね」

課長は言った。

幹部が余人をもって代え難いと判断した難事件には、在庁番に関係なくベテラン刑事を捜査本部に投入する場合もある。

だが、この事件は男に棄《す》てられた女の自殺という見方に大勢が傾いている。定年直前のベテラン刑事がわざわざ参加するほどの捜査本部《テント》事件ではない。

「私はこの死体《ホトケ》は自殺ではないとおもっています」

「ほう」

課長が少し姿勢を改めたように見えた。

帯広は棟居と共に現場を観察して得た心証を伝えた。

「本部内には他殺と見ている者もいるようだが、捜査が長引いたらどうするつもりだね」

課長は問うた。

帯広の退職予定日が迫っていることを暗示したのである。

「定年までになんとか目星をつけたいとおもいますが、もし解決できないときは、定年延長をお願いしたいとおもいます」

「定年延長を？」

課長が顔色を改めた。

「課長、お願いします」

帯広は頭を下げた。

定年延長をするということは、五割増しの退職金の放棄を意味している。課長は帯広の決意が尋常ではないことを悟ったようである。

「きみがそれほどまでに言うからには、よほどの因縁があるんだろう。わかった。現在、町田の事件を担当しているのは那須《なす》班だな。那須君に早速連絡しておこう。特別捜査員待遇として参加したまえ」

課長は許可してくれた。

特別捜査員は刑事部の主管する特別捜査本部事件が発生して、大量の捜査員を必要とする場合、刑事部長が警察署の指定された捜査員を原則として三週間、召集する制度である。課長は帯広を特別捜査員に準ずる捜査員として、町田署の捜査本部への派遣を認めた。棟居をはじめ那須班のメンバーとは何度か捜査を共にしており、気心を知り合っているのも好都合であった。

帯広の参加は捜査本部にも刺激をあたえた。捜査本部の大勢として自殺の線に向かいつつあったところに、退職直前のベテランの帯広が特別捜査員として派遣されて来たのである。自殺事件にそんなことはあり得ない。

捜査本部に参加したものの、帯広はお客扱いであった。たまたま在庁であったので担当したが、精鋭揃いの那須班が自・他殺両面の構えの準捜査本部に出動を指令されて、役不足の不満がなかったわけではない。

自殺色が濃くなるにつれて、捜査本部は無気力になっていた。社会の関心を集めた大事件でもなければ、凶悪無惨な殺人事件でもない。若い女が妊娠して棄てられ、男を恨んで自殺した気配濃厚とあっては、那須班の精鋭が顔を揃えてもあまり気乗りがしない。
那須班の古狸《ふるだぬき》、山路《やまじ》などは、酔狂な野郎が迷い込んで来やがったと言うような顔をしている。

帯広は現場を観察したように、自分の目で門井純子の生前の住居と職場を確かめたいとおもった。棟居がまた案内役に立ってくれた。

「ブーケ」は新宿三丁目のビルの地下一階にあった。六階建てのビルは同業のクラブやスナックが、壁に色とりどりの壁面看板《アンドン》を出している。

二人は時間を測って開店直後の七時ごろ、ブーケを訪れた。店内は四十坪程度、入って右手がカウンター、左手にピアノが置かれ、その奥が十二、三組の客が余裕をもって座れるボックス席になっている。

店内《インテリア》は楡色《にれ》の色調に統一され、間接照明が落ち着いたハイブローな雰囲気を醸している。調度は渋く、金をかけて抑えているのがわかる。銀座の超Aクラスの店に劣らない高級ムードである。

客の姿はまだない。ボックス席に屯《たむろ》していたホステスが、入って行った二人に一斉に視線を集めて、いらっしゃ〜いと声をかけた。

黒服がさっと立って来て、二人を迎えた。黒服はすでに事情を聴きに来たことのある棟居をおぼえていたようである。

ホステスのグループの中央から、和服を着た年増が愛想笑いを浮かべて立ち上がった。二人の素性を悟っても迷惑げな顔をしないのはさすがである。だが、これまで雑談をしていたホステスたちは黙り込んでしまった。

奥まったボックスに二人を案内すると、黒服がソフトドリンクを運んで来た。

「仕事ですから、どうぞかまわないでください」

棟居が改めて客として来たのではないことを表明した。

「どうぞ、そんなお堅いことをおっしゃらずに。お好みの飲み物がおありでしたら、遠慮なくご注文してくださいな」

店のママらしい和服の女性が、棟居にふんわり寄り添うような体《てい》をして言った。

四十代後半、もしかしたら五十代に入っているかもしれないが、全身にまぶされた色気には年季が入っており、その挙措《きょそ》の一つ一つに職業的な磨きがかかっている。二十代の美形揃いのホステスを率いて、店の主戦力になっている。彼女が店のオーナーママの桐島《きりしま》靖《やす》子《こ》である。

「こちらは帯広刑事です。門井純子さんについて、改めて聴きたいことがあるそうです」

棟居が靖子に帯広を紹介した。

「あら、もうすべて申し上げたはずですわ。改めてどんなことを話せばよろしいのかしら」

靖子は当惑した体《てい》をした。

「門井さんが妊娠していたことはお話ししてありますね。その後、門井さんの身辺を調べてみたのですが、妊娠のパートナーになるような人物が見当たらないのです」

「そのこともすでに申し上げました。純ちゃんのお相手が私どものお客様でないことは確かですわ。お客とそういう関係になっていれば、どんなに隠していても私にはわかります」

靖子は伊達《だて》にこの道で甲羅《こうら》を重ねていないと暗に言っていた。

「従業員の方はどうでしょう」

帯広は案内してくれた黒服や、カウンターにいるバーテンダーの方に視線を泳がせた。

「店の者だったらなおさらですわ。私どもでは女性と男子従業員との私的交際はタブーにしております。もしそのことがわかった場合は、男の方に辞めてもらいます」

「女性は辞めないのですか」

「女性は店の主力ですから、お客様に失礼なことでも働かない限りは辞めさせません」

靖子は女性が主役であることを明言した。

「たとえばですが、以前来た客と懇《ねんご》ろになり、現在はその客が店から遠のいていたとしたら、どうでしょうか」

「そ、それは……以前のお客様のことまでは詮索《せんさく》できませんわね」

靖子が少し弱味を衝《つ》かれたような表情をした。

「店の女性と客が懇ろになり、客の足が遠のくということはあり得るんじゃありませんか」

客が高級クラブに高い酒を飲みに行くのは、女が目当てである。女と懇ろになれば、なにも店で高い酒を飲む必要はなく、店の外で会えばよい。

この種の店では例外なく、客と女性が特定の関係に入ることを嫌う。店内で客とホステスとして疑似恋愛ゲームを楽しんでいる限りは、店の収入につながるが、彼らの関係が個人的に発展すれば、店は上がったりになってしまう。

靖子の表情が、帯広の指摘が的を射たことを示していた。

すでに棟居が聴いたところによると、純子が入店したのは三年前、雑誌の求人広告を見て飛び込んで来たということである。

ブーケの前はファッション関係の仕事をしていたということであるが、靖子は詳しいことは知らない。あるいはそのころからの関係を引きずっていたのかもしれない。

もしそうだとすれば、胎児の父親との関係はかなり古いものになる。少なくとも三年以上にわたる関係の結果、妊娠して、いまさら不毛の愛に絶望して、自殺をしたというのも解せない。

「純子の自殺に、なにか疑問の点でもあるのですか」

靖子は問い返した。

「まだ自殺と断定したわけではありません」

「それでは、もしかして殺されたというのでは……」

靖子の顔色が改まった。こちらに聞き耳を立てているホステスたちの緊張した気配が伝わった。

「それもわかりません。我々は自殺をしたにしても、その理由を確かめたいとおもっています」

「お腹《なか》の赤ちゃんの始末に困ったからではありませんか」

門井純子が妊娠していたことが報道されており、棟居からも靖子に伝えられているはずである。

「女性が妊娠して、男からふられたくらいで、簡単に自殺するものですかな」

帯広はプロとしての靖子の意見を問うた。門井純子もプロだったはずである。

「場合によりけりでしょうね」

靖子は無難な答えをした。

「それでは、どんな場合に自殺をしますか」

帯広は追いすがった。

「どんな場合と聴かれても、すぐには答えられませんけれど……」

靖子は困惑したように語尾を濁らせた。

「女性は妊娠すると母性本能に目覚めて、強くなるのではありませんか」

「そうとばかりは限りませんわ。産めない事情があるときに妊娠したら困るわね」

「門井さんには産めない事情がありましたか」

「それは……お腹が大きくなったら、お客様は離れてしまいますわ」

「だったら中絶するなり、お店を一時休んでもいいではありませんか。子持ちのホステスは珍しくありませんよ」

「私どもには子供を持っている女性はいません」

「だから自殺をしたというのであれば、ずいぶん気が早いですね」

「堕《お》ろすに堕ろせず、産むに産めず、追いつめられてしまったのではありませんか」

「門井さんはママに相談をしませんでしたか」

「いいえ、妊娠をしていたことすら気がつきませんでしたわ」

「ママすら気がつかなかったのだから、ほかの女性はだれも気がつかなかったでしょうね」

「彼女が妊娠していたと聞いて、みんなびっくりしました」

「客や従業員の他に妊娠の相手に心当たりはありませんか」

「あるはずがありません。だいたい純子に男がついているなんて、おもいませんでした」

「門井さんには飛行機手形という渾名があったそうですね。落ちそうで落ちないという……女性の身持ちが固いということは、特定の男に操立てをしているということではありませんか」

「操立て……久し振りに懐かしい言葉を聞いたわ。売れっ子の女性はみんな飛行機手形です。簡単に落ちるような女の子は、すぐに飽きられてしまうわ」

「ママの敏感な鼻でも、門井さんの身辺に男のにおいを嗅《か》いだことはありませんでしたか」

「少なくとも店の中ではそんなにおいはしなかったわね」

「店の外ではわからないということですね」

「店の外のプライバシーまでは干渉していませんから」

靖子はのらりくらりと躱《かわ》した。

さらに同僚のホステスたちに聴いたが、彼女の自宅へ招かれた者は一人もいなかった。

「純子さんには、お店で親しくしていても、私生活は垣根で囲っていて、絶対に踏み込ませないようなところがあったわ。きっと覗《のぞ》かれては都合の悪いプライバシーがあったんでしょうね」

と同僚たちは言った。

同僚たちはそのプライバシーの中に男を連想している。だが、棟居らの捜索によっても、純子の居宅に男の気配はなかったのである。

客がそろそろ入って来た。新宿の夜はゴールデンアワーにさしかかっている。

結局、桐島靖子からは具体的なものはなにも引き出せなかった。だが、純子の妊娠パートナーが、少なくともブーケの現役の客と従業員の間にいないことは確かめられた。

3

翌日、帯広は純子の生前の居宅へ行った。上祖師谷の閑静な住宅街で、五階建ての瀟《しよう》洒《しや》なマンションである。彼女の居宅から都下のべつの市域にあるコロポックルや帯広の自宅まで、さしたる距離ではない。

彼女がこのマンションに入居したのは、約一年前であった。入居に際して、ローンも組まず、マンション購入費を支払っている。コロを飼い始めたのは、入居半年後ぐらいであったそうである。

マンションの規約では、動物の飼育は禁止されていたが、他の入居者にも密《ひそ》かに犬や猫、リスや小鳥類を飼っている者がいた。規約違反ではあったが、黙認という形であったらしい。

コロを散歩に連れ出し、足を延ばした先でコロポックルを見つけたようである。だが、せっかく飼ったコロをなぜ捨てたのか、理由がわからない。もしかすると、そのときすでに自殺の決意を固めていたのかもしれない。

純子の居宅は三DKで、女の独り暮らしには充分すぎるスペースであった。最上階の五階で、テラスは南西に面し、眺望がよい。最寄り駅は京王線の仙川である。

室内に残された家具や什器《じゅうき》、衣類、アクセサリー類はすべて高級品で、余裕のある暮らし振りをしていたことがわかる。

整理箪笥《せいりだんす》の中にあった預金通帳には、数行に分けて約五千万円の残高があった。マンションを購入した後、なおもこれだけ預金残高があるのであるから、二十八歳の女性としては相当な経済力と言えよう。

　預金通帳を見ると、四年ほど前から二月《ふたつき》に一、二回の頻度《ひんど》で、平均百万円前後の預金をしている。彼女のブーケでの最近の月収は五十万円前後である。これだけの収入で生活費を差し引いた後、百万の預金は不可能である。

　純子はブーケ以外のどこかに、莫大《ばくだい》な収入源を持っていたことになる。

「家宅《ヤサ》を見る限り、けっこうな暮らしをしていたようです。捜査本部《テント》では自殺を推定するに際して、このことは問題にならなかったのですか」

　帯広は棟居に問うた。

「問題になりましたよ。しかし、女は売るものを持っていますからね。売りようによっては、この程度の収入を得ることは可能であるということになりました」

「妊娠して、売りものにならなくなったというわけですな。しかし、プロの女性ともあろう者が、どうして簡単に妊娠したのでしょうかな」

「さあ、男と女のことは当人同士でなければわからないと言いますからね」

　管理人に頼んで入れてもらった室内は、若い女性の独り暮らしらしく、小綺麗《こぎれい》に整頓《せいとん》されていた。

「その後、手をつけていませんね」

棟居が管理人に念を押すと、

「一切手を触れていません。警察からも死因が確定するまで手を触れないように言われております」

管理人は言った。

もし他人同然になっている親類が遺産の存在を知ったならば、どう出るか。身許《みもと》が割れて、戸籍から手繰《たぐ》った遠い縁者に連絡したところ、適当に処分してくれと言ってきたそうである。

処分の対象は死者《ホトケ》だけであり、遺産は含まれていないだろう。所有者が死に、債権者もなく、相続人もいないとなれば、結局、国庫に納めるということになるのであろうが、所有者から置き捨てられた高額な遺産は、帯広の目に砂漠に死んだ動物の死骸《しがい》のように映じた。

帯広の目はリビングの一隅にある戸棚に向けられた。上下二段に分かれ、下段は三段の小引出しを中央に、片開きのドアをつけた物入れを両側に配したチェストとなっており、上段が違い棚形式の四段の書棚となっている。

書棚には引き違いのガラス窓越しに並べられた本の背文字が見える。推理小説や恋愛小説や相撲の本が主体である。彼女は推理や相撲のファンであったようである。その中に

『妊娠の保健学』『男女産み分け法』『健康な赤ちゃんを産むために』『妊産婦の栄養学』『赤ちゃんの着物』『母親の医学』『妊娠中の節制』などの書名が読めた。

「本人は赤ちゃんを産む気でいたようですね」

帯広は書名を横目で見ながら言った。

「産む気でいたところが、パートナーに反対され、中絶するように勧められたのが自殺の動機ではないかというのがおおかたの意見でした」

棟居が帯広の言葉の先を読んで言った。

「それにしても、反対されたぐらいで、さっさと自殺してしまったというのは気が早いというか、弱いというか……」

帯広は書棚に手を伸ばして、『母親の医学』という書名の本を抜き取った。ぱらぱらとページを繰ると、至るところに朱線が引いてある。かなり熱心に読んでいた様子が見て取れた。

帯広は次々に同類の本を書棚から抜き取っては、ページを繰った。いずれも朱線が引かれ、ところどころに書き込みがあった。

「おや」

帯広は一冊のあるページに目を固定した。

「なにかありましたか」

棟居が覗き込んだ。

「これを見てください」

帯広がページの一ヵ所を指さした。それは『健康な赤ちゃんを産むために』という本である。帯広が指さしたページの箇所には朱の傍線が引かれ、次のような文章が書かれてあった。

「トキソプラズマ症。ヒトや動物を冒す原虫性の疾患で、トキソプラズマ・ゴンディイの感染によって起こる。原虫はブタ、ウシ、ヒツジ、イヌ、ネコなど各種温血動物の組織内に寄生し、食肉、患獣の排泄物を介して人体に感染する。分布は世界的であり、日本人の感染経験者は二〇パーセントに達するが、多くは発症せず、潜伏したまま終わる。胎内感染によるヒトの先天症では水頭症、精神運動障害、網脈絡膜炎、脳石灰化が特徴である。感染の機序は不明であるが、トキソプラズマの保菌ネコやイヌが嬰児《えいじ》に接触して感染する確率はかなり高いと見られる」

読み終わった二人は、顔を見合わせた。

帯広は門井純子が犬を捨てた理由が初めてわかった。彼女はこの文章を読んで、胎児への感染を恐れ、コロを置き去りにしたのである。

可愛がっていたペットを捨ててまで、健康な胎児を産もうとした女が、簡単に自殺をするはずがない。

整理箪笥の中には新品のベビー服が大切にしまい込まれてあった。

「やっぱり、殺人《コロシ》でしたね」

棟居が言った。棟居も帯広と純子を結んだ犬の縁については、帯広から聞くまで知らなかった。

「生まれる前に捨てたのは、胎内感染を恐れたからでしょう。犯人は彼女が捨てた犬の行方まで追わなかった。千丈の堤も蟻《あり》の一穴から崩れると言いますが、自殺を偽装した完全犯罪も、一匹の犬から割れてしまいました」

「しかし、犯人は影も形も気配も見せていませんね」

「必ずどこかに抜かりがあるはずです。犯人は一人を殺したとおもっているかもしれないが、二人を殺しています。しかも犯人は胎児の父親である可能性が大きい。女の腹中にある幼い生命を我が子と知りながら殺したとすれば、なおさら許せません」

帯広の目に、門井純子の前身であった少女の怒りと憎しみに満ちたまなざしがよみがえった。

彼女は犯人に殺されたとき、どんな目をして犯人を見ていたであろうか。犯人が胎児の父親であれば、雨の降る深夜、寂しい山中に誘い出されたのもわかる。

純子は自分が殺されると知って、犯人に対して必死に哀願したであろう。胎児はあなたの子よ、親が我が子を殺せるの、と父性愛に訴えたかもしれない。

だが、犯人は被害者の哀訴に一切耳を貸さず殺した。そのとき被害者がおぼえたものは怒りではなく、絶望であろう。怒りや憎しみをおぼえるのは、まだ自分に気力、体力、余裕などが残されている場合である。

体内に愛の結晶を設けたパートナーが、自分と共に胎児を殺そうとしていることを知って、被害者は絶望に押し潰《つぶ》されてしまった。

常ならば、自分と胎児を庇《かば》って、世界を相手にしても戦ってくれるはずのパートナーが、二人を殺す側にまわった。その絶望は救い難いものであったであろう。

門井純子の生前の居宅をこの目で見て、帯広は彼女の死が自殺などではなく、殺されたことを確信した。だが、犯人の足跡は完全に消されている。その気配すら残っていない。

いまにしておもえば、あの少女の目に塗り込められていた怒りと憎しみの色は、後日の因縁の再会を予告していたものであったかもしれない。

4

捜査本部に参加してから、コロポックルに通う頻度は減ったものの、時どき顔を出した。本部のレギュラーメンバーと異なり、客扱いなので、多少の時間は盗める。

コロポックルのコーヒー、というよりはコーヒー空間にたまには身を置かないと、心身が油切れのような状態になる。この症状を菊川が、コロポックル中毒、コロ中だと言った。

コロ中になるようになると、常連たちともかなり親しくなった。コロポックルのコーヒーを共通項とした常連から、コロ中に罹《かか》った同病の仲間に昇格したのである。

このころには、帯広が話したわけではないが、彼の素性は常連たちに知れていた。そのせいか、帯広を囲んで常連たちの間で、門井純子の自殺（?）事件がよく話題になった。

「あの人、新宿のクラブの売れっ子ホステスだったそうね。私、いま失業しているの。彼女が死んで、いまあのクラブには空きがあるはずだわ。売り込みに行ってみようかしら」

尾花藤江が冗談めかして言った。

「尾花さんが応募したら、その日からナンバーワンになるだろうな」

菊川が半ば真顔で言った。

「おれもそうおもうな。新宿辺りじゃもったいないよ。銀座か赤坂でトップを張れる」

稲葉が同調した。

「いまは銀座や赤坂よりも、新宿の方が人気があるよ。客も新宿の方が気前がいい」

ちょうど休憩に来合わせた地引が言った。

「そうねえ、銀座や赤坂では、昔のお馴染《なじ》みさんと顔を合わせるかもしれないわ。もう一度出るとしても、昔の名前では出たくないもの」

藤江が、以前は新橋か柳橋で左褄《ひだりづま》を取っていたという噂《うわさ》を裏書きするようなことを言った。

「昔の名前はなんと言ったんですか」

元力士の三谷が問うた。

「藤江よ。本名で出てたの」

「それじゃあ、今度は尾花はどうですか」

「枯れ尾花になりたくないわ。そうね、おはなはどうかしら」

「おはなさんか。ありそうでない名前だな」

「元関取にそう言われて、自信が出たわ。たしか関取のしこ名（力士の土俵名）は力王《りきおう》だったわね」

「昔のことです」

三谷が恥ずかしそうに身体《からだ》を縮めた。

「もし藤江さんが本気でブーケに入る気があるなら、私からママに口をきいてあげますよ」

帯広は言った。

一瞬、藤江に頼んで、ブーケの内部を探ってもらったらどうかという意識が働いた。内部に入れば、公式発言では探れない裏の事情がわかるかもしれない。

「あら、帯広さんはコネがあるの」

藤江が帯広の方に姿勢を向けた。

「ママとは一度会っています」

「だったら、話が早いわ。帯広さんの紹介なら、相手もきっと信用してくれるわ。お願いしようかしら」

「本気ですか」

「本気よ。旦那と別れて、いつまでものんびり遊んでもいられなくなっちゃったのよ。三度のご飯を二度にしてもコロポックルには来たいけれど、そんな風になりたくないもの」

「尾花姐《ねえ》さんがなにをおっしゃいますか。旦那からたっぷりと手切金をもらっているんでしょう」

三谷が囃《はや》すように言ったので、一同がどっと沸いた。

「座して食らえば山も虚《むな》し。大した山じゃないから、たちまち虚しくなっちゃったのよ」

すかさず藤江が切り返した。このあたりの呼吸は見事である。

帯広が仲介すると、ママの桐島靖子が面接して、その場で決まった。さすがに靖子の目は高い。尾花藤江が門井純子の喪失を補って余りあることを咄嗟《とっさ》に見抜いたのである。

尾花藤江も就職が決まったことを帯広に感謝して、

「亡くなった門井純子さんの死因について、なにか新しいことを聞き込んだら、お礼の徴《しるし》として報告するわ」

と耳打ちした。紹介に際して、帯広の意識をかすめたことをちゃんと読み取っている。

「私のスパイとおもわれるようなことがあると、働き辛《づら》くなりますよ」

「大丈夫よ、その辺は心得ているわ」

藤江は流し目でウインクした。吹きつけてくるような色気をおぼえて、帯広は年甲斐《としがい》もなく首筋がぞくりとした。

「帯広さん、コロの飼い主の自殺事件の捜査本部《テント》に参加したそうですね」

菊川が話しかけてきた。

「地獄耳ですね。どこから聞き込んだんですか」

帯広は少し驚いて問い返した。

「へっへ、昔のコネがまだつながっています。べつに引退したわけではありませんからね」

「昔のコネから、なにか噂を聞き込みましたか」

帯広はそれとなく探りを入れた。

「帯広さんがわざわざ自殺事件のテントに参加したところを見ると、単純な自殺ではなさそうですね」

菊川が帯広の顔色を探るような目をした。

「ぼくはテントのお客ですよ。テントにも庶務的な仕事がありますので」

「私にとっては、昔のよしみよりもコロポックルのよしみの方が大切です。なにか面白い聞き込みがありましたら、お耳に入れましょう」

菊川は言った。

帯広は菊川が現役時代、ただの記者《ネズミ》ではなさそうなにおいを敏感に嗅ぎ取っていた。彼が記者を辞めた理由にも、なにかいわくがありそうである。

「菊川さんの地獄耳に引っかかった情報は、大いに気になります。ぜひお聞かせください」

「袖振り合うも多生の縁と言いますが、コロポックルの常連になりかけた女性が曖昧《あいまい》な自殺をしたとなると、見過ごしにはできない気持ちです。ましてや、常連の帯広さんがテントに参加したとなるとね」

「彼女が死ななければ常連になったかもしれませんね」

帯広は複雑なおもいがした。

門井純子が常連になったとすれば、いずれはその前身の少女をおもいだしたであろう。となると、帯広が個人の自由の拠点として探し当てたコロポックルで、心の債務の債権者に毎日、債務の返済を迫られたかもしれない。

「折があれば帯広さんに聞いてもらいたいとおもっていたことがあります」

菊川が少し顔色を改めて言った。

春の火鉢

1

帯広の発見は、停滞していた捜査本部に刺激をあたえた。反論がないわけではなかった。

「犬を捨てたということは、殺人《コロシ》の証拠にはならない。門井純子のマンションではペットを飼ってはいけないという規約があった。ほかにも犬を飼えない事情が発生していたかもしれない」

と山路が反駁《はんばく》した。

「規約はペットの飼育を禁止していますが、入居者の中にほかにもペットを飼っている者はいます。妊娠してから捨てたということは、胎児への影響と無関係ではないとおもいます」

「胎児への影響を考慮したとしても、殺人には結びつかない。それほど可愛がっていた犬を犠牲にしてまでも産もうとしていた赤ん坊を、父親から拒まれて、絶望したとも考えられるではないか」

山路は引き下がらなかった。

だが、帯広の発見は捜査本部に確実に影響をあたえていた。

本部の潮流が自殺から他殺へと微妙に変わってきている。と同時に、本部に活気が生じてきた。本来、疑惑の多い死に方であった。

精鋭揃いの那須班のメンバーが、窓際刑事に活を入れられた形で奮起した。捜査員たちは再度、入念な聞き込みを始めた。

刑事の仕事は一にかかって聞き込みにある。犯人につながる情報を求めて訪ね歩く。ソファに座って、あるいは机上で論理的に犯人を割り出すのではなく、足で犯人を割り出すための手がかりを探し求める。

地取り（犯行現場を中心に犯人の足取りや各種捜査資料を収集する）、遺留品、動機、敷鑑《しきかん》（犯人と被害者の関係）など広くひろげた捜査網から、犯人に結びつく情報を集めるのである。

帯広は那須班の棟居と組んで、門井純子の生前の居宅を中心に聞き込みをしていた。

彼女の居室には男の気配がない。女を妊娠させるほどの濃密な関係でありながら、彼女の生活の拠点に男の気配も残っていないということは、尋常な韜晦《とうかい》（姿を晦《くら》ます）ではない。男には絶対に関係を隠さなければならない事情があったのである。

そして、女は男の韜晦工作に協力した。彼女にとっても職業上、特定の男との関係が顕《あら》われると人気に響く。彼女が妊娠するまでは、両人《ひとく》にとって関係を秘匿することは都合がよかった。ところが、女の妊娠が事情を一変させた。

帯広には女の背後に隠れている犯人の息づかいが聞こえるような気がした。これが自殺であってたまるものか、という気持ちがあった。必ず犯人を引きずり出してやる。それをするまでは、自分には定年はない。

自分でも酔狂だとおもう。だが、これは使命感や正義感やこだわりともちがう、一種の強迫観念のように帯広を圧迫している。

捜査一課の刑事は犯人を捕まえても、遺族から感謝されることはない。犯人を挙げたところで、被害者の生命が還《かえ》ってくるわけではない。犯人に手錠をかける瞬間が、刑事の生き甲斐《がい》であっても、そこに被害者を救済できない刑事の限界があり、虚《むな》しさがある。

しかも、この事件の捜査では遺族もいない。人間の大海のような大都会で、一人の女の命が泡粒のように消えて、あとにはなにも残らない。しいて遺族がいるとすれば、コロだけである。それも被害者から生の岸辺に置き去りにされた。

帯広は棟居と共に聞き込みをつづけている間に、一件の情報に引っかかった。その情報は、門井純子のマンションの近くにあるアパート住人の一人から聞き込んだものである。

「昨年の十一月、うちのアパートの住人の若い女性が突然、夜逃げをしてしまいました。夜中、なにか運び出すような音がしているなとおもっていたのですが、テレビの音だろうと気にも留めずにいたところ、数日後、大家さんが家賃を集金に行ったら、蛻《もぬけ》の殻だったそうです。そんなに行き詰まっているようにも見えなかったんですがね、いま流行《はや》りのカード破産でもしたんでしょうか」

帯広の胸にその小さな聞き込みが妙に引っかかった。

「たぶん無関係とはおもいますが、門井純子の居宅と、夜逃げをしたという女性のアパートが近いのが気になります」

帯広は棟居に言った。

「私もなんとなく引っかかったのです。十一月下旬と言えば、彼女が妊娠に気づいたころではありませんか」

「アパートの女性がなぜ夜逃げをしたのか。門井純子とその女性との間になんらかのつながりがあったのかないのか。夜逃げをする前兆はなかったのか、ちょっと調べてみますか」

これまでの捜査では、門井純子の人脈に、近くのアパートに住んでいる女性は浮かび上がっていない。

件《くだん》のアパートは純子のマンションと同じ町内にあり、歩いて二、三分の距離である。当然のことながら、両人は路上や近所の商店街で顔を合わせたことがあるだろう。だが、その程度の接点では、つながりがあったとは言えない。

そのアパートの名前は「ケーワンハイム」、ユニットハウスを組み合わせた、戸数十五戸の二階建てアパートである。入居者はほとんど単身者のようである。

大家の家はアパートのすぐ隣にあった。二人は大家を訪問した。六十代後半から七十前後と見える主人が出て来て、二人に応対した。

帯広が夜逃げした入居者について聴きたいことがあると言うと、

「村野弘美《むらのひろみ》さんのことですね。私も首をひねっているのですよ」

大家が狐《きつね》につままれたような顔をして言った。

「家賃が払えなくなって夜逃げをしたのですか」

「だれでもそう考えるでしょう。村野さんはまったく家賃を溜《た》めていません。それどころか、解約時には返却することになっている敷金をそのままにして、出て行ってしまったのです。部屋もほとんど荒れていないし、私どもとしてはなんの損害もありません。村野さんには全然夜逃げする理由が見当たらないのですよ」

「家賃は溜めていなかったとしても、なにかほかに夜逃げをする理由があったのではありませんか」

「たぶんそうだとはおもいますが、プライベートな問題は私どもにはわかりません」

「入居に際して、保証人や職業はどのようになっていましたか」

「村野さんが入居したのは一昨年の三月ですが、保証人はいませんでした。なんでも東京には親戚《しんせき》がなく、保証人を頼めるような人間もいないということでした。規定の敷金、権利金を支払った上に、半年分の前家賃も入れてくれましたし、本人の感じがよかったので保証人なしで契約しました」

要するに金さえ払えば保証人など不要と、大家は暗に言っていた。

「村野さんの職業はなんでしたか」

「OLということでした。ところが、契約書に記入した会社に連絡したところ、そういう名前の社員はいないという返事でした」

「すると、勤め先を偽って入居したわけですね。入居に際して戸籍謄本とか抄本のようなものは取らなかったのですか」

「そんなものは取りません。私はあくまでも本人に会って決めますので」

「村野弘美という名前も本名かどうかわかりませんね。交番の巡回連絡が来ているでしょう」

「来ているはずです。でも、村野さんは留守のことが多かったようです」

交番から外勤（地域課）警察官が受け持ち区域を巡回連絡して各家庭を訪問し、本籍または国籍、家族構成、家族全員の氏名、生年月日、勤務先、非常の場合の連絡先など克明に聞いて記入する。

これをファイルしたものが案内簿、また引っ越して行った住人は転出簿にファイルされて、保管される。

この案内簿に基づいて、所轄署の警備課では宗教、思想、出身校、購読新聞や購読雑誌まで、個人の詳しいデータを調査している。思想的、政治的に危険人物と見なされた者は、警備公安の視察対象者として記録される。

巡回連絡は強制ではないが、協力しない者は不審者としてマークされる。巡回連絡に記入された住人のデータは、要注意人物としてマークされない限り、住民登録などの官・公庁の公的資料と照合されることはない。

「村野さんは独身だったのですか」

「私どもには独身と言っていました」

「訪問者、特に男の訪問者はありませんでしたか」

「監視していたわけではないので、気がつきませんでしたね」

「村野さんの写真はありませんか」

「ありません」

「年齢はわかりませんか」

「歳《とし》は聞きませんでしたが、二十四、五歳というところかな。色白で面長のなかなかの美人でした」

大家が彼女の面影を追うような目つきをした。彼が保証人なしで村野の入居を許したのは、彼女の器量のせいかもしれない。

「アパートの住人で、村野さんと親しくしていた人はいますか」

「さあ、皆さん、あまりつき合いはなかったみたいですよ。皆さん、仕事も生活時間もまちまちですからね」

「入居者はどんな人たちですか」

「ほとんど勤め人と学生です。現在、十二戸が入居していますが、そのうち三戸が新婚です。学生が四戸、それ以外はすべて独身の勤め人です」

「入居の際の契約書を見せてもらえますか」

大家が取り出して来た賃貸借契約書は市販の統一用紙で、賃借人として村野弘美とアパートの現住所が記入されているだけであった。

契約書からは本人の身上を探る手がかりはない。要するに、賃借人が支払った家賃だけを信用した契約であることを、契約書は示している。

「入居に際して、彼女が使った会社の名前と連絡先をおしえてください」

大家から聞き出した社名は、都心にある有名なホテルであった。

「いかにも一流ホテルの社員のようなスマートな人でしたよ」

大家は言葉を追加した。だが、そのホテルには村野弘美という社員は、現在も過去も在籍していなかった。

一応、大家から話を聞き終わった二人は、村野弘美が住んでいた部屋を見たいと申し出た。

「もうべつの人が入居していますが」

「新しい入居者に頼んでもらえませんか」

「いまは勤めに出ていて留守です」

大家はにべもなく言った。

「それでは、部屋の位置だけでもおしえてください」

帯広に粘られて、大家はしぶしぶと案内した。

村野弘美が入居していた部屋は、一階の角部屋であった。各戸は共用の廊下に面しているが、棟末には非常口があって、夜逃げには都合のよい位置と言えた。

「あなたが村野さんが夜逃げをしたのを発見したとき、部屋はどんな状況でしたか」

「ゴミのようながらくたが少し残っていただけでした」

「ゴミのようながらくたとは、具体的にどんなものでしたか」

「大きなものでは冷蔵庫とテレビです。そんなものはいまどき、古道具屋も引き取りません。あとは古い雑誌とか、衣類とか、スタンドや椅子《いす》や、使いかけのティッシュとか、そんなものでした」

「村野さんが残していったものはどうしたのですか」

「粗大ゴミは区役所に連絡して収集してもらい、あとの雑品はゴミとして出しました」

「ゴミに出した……」

「まだ新品同様の品でしたが、夜逃げをした人の部屋をいつまでも空けておくわけにはいかないし、そんなものを預かるスペースもありませんので、他のがらくたと一緒にゴミとして出してしまいました」

「村野さんが帰って来るとはおもいませんでしたか」

「それでも二ヵ月は待ったのです。二ヵ月分の家賃と部屋の修繕代を相殺すると、ちょうど敷金がゼロになりますので、二ヵ月待って、なんの連絡もないところで、新しい入居者を入れました」

ゴミの中に村野弘美の素性を探る手がかりが残されていたかもしれない。帯広と棟居はおもわず唇を嚙《か》んだ。

大家の後、同じアパートの入居者たちに聞き込みをしたが、大家以上の目ぼしい情報は得られなかった。

大家と入居者から聞き集めた情報を総合すると、村野弘美は二十代半ば、色白、細面《ほそおもて》、身長百六十五センチ程度のスリムな美人であったという。内気な性格だったらしく、入居者たちと顔が合っても会釈をするだけで、自分の方から話しかけることは少なかった。

入居者の中で彼女と親しくしていた者はない。もっともケーワンハイムの中では入居者同士のつき合いはほとんどなかった。

もはやこれ以上なにも引き出せないとあきらめて立ち去りかけたとき、ふと帯広がおもいついたように、

「村野さんは犬を飼っていませんでしたか」

とアパートの住人の一人に問うた。

「飼っていましたよ」

「飼っていた……どんな犬でしたか」

「ダックスフントというのかな、胴が長い」

「ダックスフント……毛は茶色で、人懐っこくありませんでしたか」

「そんな犬でした。村野さんが愛想がよすぎて泥棒よけにならないとこぼしていたことがあります。そうそうテレビが好きで、村野さんが留守のときはおとなしくテレビを見ているそうです」

「コロだ」

帯広はつぶやいて、

「村野さんが蒸発したとき、その犬はいましたか」

「いえ、住人の中から苦情が出まして、蒸発する二、三ヵ月前に近所の人にやったようです」

「その犬をもう一度見ればわかりますか」

「わかりますよ。私も何度か餌《えさ》をやったことがあります。ルイも私をおぼえているでしょう」

「ルイという名前だったのですね。村野さんがルイをやったという近所の人はだれか、ご存じですか」

「だれにやったか聞いたわけではありませんが、近くのマンションに住んでいる女性が、ルイを散歩させていたところを何度か見たことがあります」

「その女性はこの人ではありませんか」

すかさず棟居が門井純子の写真を示した。

「そうです。この人です。最近姿を見かけなくなりましたが、引っ越してしまったのでしょうか」

住人は彼女が死んだことを知らないらしい。改めて管轄の保健所に調べたところ、ルイの飼い主として村野が登録されていた。

ここに門井純子と村野弘美の間に接点が生じた。コロは村野弘美から門井純子へ嫁入りして来たのである。

村野からコロ（旧名ルイ）をもらった後、純子は妊娠した。実家にコロを返したくとも、すでに村野は蒸発した後であった。

帰途、棟居が帯広に言った。

「村野弘美の失踪《しっそう》は門井純子の死因に関わっているでしょうか」

「まだなんとも言えません。しかし、気になりますね。犬を介してつながりのあった二人の女性が相前後して失踪、また死んでいます。いずれの女性の身辺からも男の痕跡が消えています。村野弘美の行方が気になりますね」

「私も単なる夜逃げではないような気がします。夜逃げをする理由もないのに、突然蒸発してしまった。家賃三ヵ月分の敷金約四十万円をそのままにして夜逃げをしたというのは、どう考えても解せません」

「若い女が一夜のうちに一人で引っ越しはできません。必ず男がいたはずです。夜逃げをしたのであれば、町の運送屋は頼めないでしょう」

「いやな感じですね」

二人は村野弘美の行方に不吉な予感を持った。

後刻、アパートの住人によって、コロの元飼い主が村野弘美であったことが確かめられた。

2

帯広と棟居の報告は捜査本部に波紋を投じた。例のごとく山路が、近所の女が前後して蒸発しても、門井純子の死に関係があるとは言えないと異論を唱えたが、彼自身も二人の発見を評価しているようであった。

門井純子の生前、犬を接点としてつながりのあった近所の女が蒸発した事実は見過ごせない。村野弘美はなぜ、どこへ消えたのか。

捜査本部では、二人の報告に基づいて、村野弘美の行方を捜索することを当座の捜査方針の一つとして決定した。

村野弘美は住民登録をしていなかった。また、所管区の交番の案内簿に記載されていない。ということは、外勤警察官の巡回連絡に協力していないということである。

門井純子の生前の居宅の近くに住んでいたコロの元飼い主、村野弘美の行方は杳《よう》として知れなかった。

近隣の運送業者をしらみ潰《つぶ》しに当たってみたが、該当するような引っ越しを請け負った者はいなかった。やはり睨《にら》んだ通り、だれか、たぶん男手が手伝った状況が濃い。

捜査員は村野弘美のアパートを中心に、懸命に聞き込みをして歩いた。深夜を狙ったとはいえ、東京の一隅から夜逃げをしたのである。必ず目撃者がいるはずだと見込んで、執《しつ》拗《よう》に聞き歩いた。

一件の小さな情報が、地元の住人から提供された。

「たしか十一月下旬の深夜でした。残業で遅く帰宅して来ると、途中で犬を連れた若い女性に会いました。そんな遅い時間に犬を散歩させているのですから、近くに住んでいる人でしょう。夜目にも目立つ美人でした。振り返って見ていると、連れていた犬が路上に駐《と》まっていた車に激しく吠《ほ》え立てました」

「その車のナンバーをおぼえていますか」

「いいえ、私の位置からは少し距離があり、暗かったので、ナンバーは見えませんでした」

「車内に乗っていた人を見ましたか」

「それも見えませんでした。人が乗っていたかどうかもわかりません」

「その車の車種はわかりますか」

「国産のワゴン車でした。ボディの色は青かったとおもいます」

「そのワゴン車はどこに駐まっていましたか」

住人が告げた地点は、ケーワンハイムの近くの路上であった。

「犬がワゴンに吠えかけたとき、女性の位置はどの辺でしたか」

「ワゴン車のすぐ近くでした。運転席から二、三メートルというところでした」

「すると、車内に乗っていた人の顔が見えたかもしれませんね」

「たぶん見えたとおもいます」

「あなたが出会った犬を連れていた女性とは、この人ではありませんでしたか」

棟居が門井純子の写真を示すと、

「そうです。この人です。美人でしたので、よくおぼえています」

と住人は写真の主を確認した。

そのとき門井純子が村野の部屋を訪問した前か後か不明であるが、目撃者の出現によって、村野弘美の蒸発当夜、門井純子が蒸発した時間帯に村野のアパートの近くに居合わせた事実がわかった。コロがワゴンに向かって吠えかけたのは、車内に前の飼い主のにおいを嗅《か》ぎつけたからであろう。

だが、目撃者の証言も村野の行方には結びつかなかった。

帯広の参加によって一時、刺激を受けた捜査本部もその後停滞した。門井純子の死因は依然として茫漠《ぼうばく》と烟《けむ》っており、村野弘美の行方は杳として知れない。捜査本部の中には、両人はまったく無関係という意見が強くなってきた。

「要するに、犬をもらったというだけの関係ではないのか。一千万を超える人間が犇《ひし》めいている東京では、夜逃げや蒸発は珍しいことではない。村野は夜逃げに備えて、犬を門井純子にやったとも考えられる。犬を整理したところで姿を消した。それだけのことだったかもしれない」

「それにしても、門井純子も村野弘美も、その身辺から男の痕跡がまったく消えているということが引っかかるね」

「男嫌いの女がいても不思議はないだろう」

「村野弘美の身上は皆目不明だが、門井純子は新宿のクラブのトップホステスだった。男嫌いはないだろう」

「職業柄、男には食傷していたかもしれない。同僚が、彼女には垣根で囲っていたようなところがあったと言っていたが、その垣根の中に男も入れなかったんじゃないのか」

「男嫌いが妊娠するかね」

「必ずしもないとは言い切れない。聖母マリアの例はべつとして、一時のプレイや行きずりの情事でも妊娠できる。強姦《ツッコ》まれても孕《はら》むことがある」

「一時のプレイやツッコまれて妊娠した女性が、妊娠の医学の本などを買って勉強するかね」

「マルカン（強姦）はべつとして、子供だけ欲しいという場合はあるよ」

「だったら、自殺なんかしないだろう」

そんな議論が堂々巡りをした。

3

帯広は久し振りにコロポックルに顔を出した。捜査が進展している間はコロポックルから足が遠のくが、膠着《こうちゃく》するとたちまちコロ中がよみがえる。

「帯広さん、久し振りですね」

ちょうど菊川が来合わせていた。稲葉や三谷や弘中の顔も見える。もっとも帯広が常連の最も集まる時間帯を狙ってやって来たのである。

「その後、新しい進展はありましたか」

菊川が昔の新聞記者の表情に戻って聞いた。

「それが壁に突き当たって、にっちもさっちもいかないという状態ですよ」

「でしょうなあ。捜査が進展していれば、捜査本部《テント》の刑事さんがこんなところでのんびりコーヒーを飲んでいるはずがない」

菊川がにんまりと笑った。

「それとこれとはべつですよ。この店のコーヒーは、私の人生の要素ですからね。どんなに忙しくとも、たまに補給をしないと油切れになってしまう」

「人生の要素ですか。たしかにそうだ。要素がなくても生きていけないことはないが、生きている意味がない」

菊川がふっと真顔になった。

「一杯のコーヒーが生きている意味だとすると、あだおろそかには飲めませんな」

稲葉が茶化すように言った。

「たかがコーヒーとはおもえど、これがないと暗夜に光明を失ったおもいがしますよ」

三谷が口を出した。

「暗夜に光明とは、ますます大袈裟《おおげさ》になったね」

菊川が苦笑したところに、地引と尾花藤江が入って来た。

「これは、皆さんお揃いで」

「オールスター・キャストというところね」

地引と藤江が言った。

「スターかどうか知りませんが、久し振りに全員集合だ」

弘中が嬉《うれ》しげな表情をした。

「最近、帯広さんがご無沙汰《ぶさた》だったものね」

「そういう尾花さんも、少し足が遠のいたんじゃないの」

「売れっ子は引っ張りだこで、なかなかコロポックルに足を運ぶ暇はないのさ」

藤江に弘中と菊川が相次いで言った。

「売れっ子にはちがいないわよ。おかげさまで皆さんから、美《い》い女と言われているわ」

藤江がしゃらっとした表情で言った。

「これはどうも恐れ入ります。元は辰巳《たつみ》の綺麗《きれい》どころ、いまは新宿の高級クラブのナンバーワンを、ただでかたわらに引きつけてお相手をしてもらえるんだから、これは男冥利《みようり》に尽きますな」

稲葉が嬉しそうに言った。

「お店は嫌いではないけれど、私にとっては戦場よ。コロポックルは休戦地帯だわ」

「休戦地帯か。すると、わしは第一線から逃げ帰った敗残兵かな」

三谷が複雑な表情をした。

「戦場で必勝するとは限らないわ。勝ったり敗けたりを繰り返しながら、人生という戦場を渡って行くのよ。コロポックルのコーヒーは休戦地帯の気つけ薬だわ」

「人生の要素になったり、意味になったり、また気つけ薬になったり、マスターも大変だね」

菊川が黙々としてコーヒーを淹《い》れている北出の方を見た。

北出は笑って答えない。客の会話に加わらず、かといって無関心でもなく、距離を置いて柔らかく見守ってくれているところが、いかにも休戦地帯の店長らしい。砂漠のオアシスの木陰のような柔らかな距離である。

「要するに我々にとっては、コロポックルはそういう店なんだよ。マスター、頼むよ」

地引がまた北出に声をかけた。

「帯広さん、その後なにかわかったの」

藤江が帯広の方に視線を向けて問うた。

「依然として男の影も形もない。男がいないはずはないんだが、完璧《かんぺき》に気配を消している」

帯広は面目ないおもいであった。

「私もそれとなく店の中で探っているんだけれど、あんまりお役に立つような情報はないわね。でも、ブーケはなかなか面白い店よ」

「面白いと言うと、どんな風に……」

菊川が問うた。

「客種が面白いの。新宿というところは銀座や赤坂とちがって、人間のごった煮的なところがあるでしょう。本当にいろんな人が来るわ。そうそう大物の政治家や、有名芸能人がお忍びでけっこう来るのよ」

「たとえばどんな人が来るの？」

菊川の目が光った。猟犬の目に似ており、まぎれもなく新聞記者の眼光であった。

「先日は湯川陽一《ゆかわよういち》が来たわ」

「湯川陽一というと、運輸政務次官の……」

「そうよ。どうやらお気に入りの子がいるらしいの」

「お気に入りって、藤江さんのことじゃないのかい」

地引が口を挟んだ。

「時どき私の方にちらちら目を向けてくるけれど、私のタイプじゃないのよ。

永田町のお偉方が来るときは、まず秘書が偵察に来るの。そして、店の中に怪しげな客のいないのを確かめると、一番上等の席を確保して、それからご本尊がお出ましになるのよ。記者をまいてのお忍びだけど、それだけに秘書は気を遣うわね。

政治家は女性とのスキャンダルを最も恐れているわ。セックス・スキャンダルは婦人票を失って、次の選挙で落選するものね。だから、たいてい手近なところで秘書に手をつけるの。政治家の女は安全なことが第一条件なのよ。でも、秘書はすぐに淀君《よどぎみ》になって、家庭騒動の因《もと》になるわ。そこで金で解決がつくプロの女ということになるの。口も義理も堅くて、風情のある芸者が先生方のお気に入りのお相手というわけ」

「よっ、手前味噌《みそ》になりましたね」

三谷がちゃちゃを入れた。

「黙って聞きなさい。関取と芸者もお似合いのカップルなのよ。現役時代、けっこう女の子を泣かせたんじゃないの」

藤江に流し目で睨まれて、三谷が首をすくめた。

「最近は少し流れが変わって、先生方のお好みが芸者からホステスへ移ってきているの。若い先生方は花街の差しのお座敷よりは、クラブの方が手軽でいいらしいの。でも、銀座は目立つので、名前と顔の売れている先生は新宿で遊ぶのよ。銀座のホステスが歳を取ってしまったのに対して、新宿は若い子を揃えているので人気があるのよ」

「そう言えば昔、芸者とのスキャンダルがバレて失脚した総理がいたな」

「銀座ホステスの蜂の一刺しというのもあったよ」

地引と弘中が言った。稲葉は一同の会話に加わらず、面白そうに耳を傾けている。

「稲葉さんは元お役人だったそうだから、永田町の先生方のその辺の事情には詳しいんじゃありませんか」

菊川が水を向けても、

「いやいや、私のような下っ端には、雲の上の話です」

と軽くいなして、入ってこない。

「先生方のお相手は芸者とホステスが二大勢力なんだけれど、最近は第三勢力が力をつけてきているのよ」

「第三勢力って、なんだね」

一同の目が藤江の面に集まった。

「コールガールよ。VIP専門のコールガールがいるの。絶対安全の美人揃いで、一晩五十万とか百万で政治家の夜のお相手や、外国から来たVIPの接待をするらしいの。中には名の売れた女優やモデルもいると聞いたわ。おたがいに表沙汰にされたくない事情があるので、絶対安全というわけ。なんでも高級コールガールを取り仕切るエージェントがいて、リクエストに応じて派遣していると聞いたわ。コールガールも気位が高くて、どんなにお金を積まれても、気に入った相手でないと寝ないそうよ」

藤江の話を聞いている間に、帯広の意識に明滅したものがある。門井純子の預金通帳に二月《ふたつき》一、二回の頻度《ひんど》で、平均百万円前後の預金があった。ブーケの収入でできる預金ではない。

「藤江さん、門井純子がその第三勢力に連なっていたという噂《うわさ》は聞かなかったかね」

帯広は尋ねた。

「純子さんが第三勢力に……？」

藤江は少し驚いたような表情をして、

「さあ、そんな噂は聞いたことがないけれど、ブーケにいれば永田町の先生方と渡りはつけられるわね」

「ブーケが第三勢力のエージェントということは考えられないかな」

菊川が言い出した。

「それはないとおもうわ。もしそうなら、帯広さんの紹介で私を入れるはずがないもの。ブーケの雰囲気はわりにオープンなのよ。それが人気のもとでもあるの」

「門井純子がブーケに勤めていたのは隠れ蓑《みの》だったんじゃないかな。ブーケの同僚が、彼女には垣根で囲ったようなところがあったと言っていたが、垣根の中を隠すためにブーケで働いていたとも考えられる」

「さすがは刑事だわ。これまでそんなこと考えてもみなかったけれど、そう言われてみると、ちょっとおもい当たることがないでもないわ」

「なにか心当たりがあるのかい」

菊川が好奇の色を濃く面に塗って問うた。

「実はね、湯川陽一から口説かれたのよ。湯川直接ではないけれど、彼の秘書から持ちかけられたの。そのときの口説き方がちょっと気になるわ」

「どんな風に口説かれたんだい」

「春の火鉢が欲しいと言ったのよ」

「春の火鉢」

「私がなんのことかわからずきょとんとしていると、話をはぐらかしちゃったけど、もしかすると春の火鉢は第三勢力の暗号かもしれないわ。そのときから湯川は私を席に呼ばなくなったわ」

「春の火鉢か、なんとなく意味深長な言葉だな」

菊川の目が宙を探った。

「春先の火鉢は、しまったころにまた寒さがぶり返して欲しくなることがあります。その方面にも定年退職したとおもっていたところ、ふと身体《からだ》の奥に火照《ほて》りをおぼえるようなことがありますが、なんとなく似ていますね」

稲葉が会話に入ってきた。

「さすがは元お役人だ。言うことに含蓄がある」

地引が言った。

「まだまだ定年退職どころではないでしょう。充分現役ですよ」

菊川が冷やかすように言った。

「私も門井純子さんが他人のような気がしないわ。春の火鉢の意味を探ってみるわ。もしかすると、その辺に彼女の死んだ理由が潜んでいるかもしれない」

藤江が言った。

「おれも昔のコネを手繰《たぐ》って、少し調べてみよう」

菊川が言った。

「昔のタニマチ（贔屓客《ひいき》）に永田町の先生や財界のお偉方が何人かいます。私もそれとなく調べてみます」

三谷が言った。

「わしも商売柄、いろんな客を乗せるので、なにか役に立つようなことを聞き込んだら、報告しますよ」

地引が言った。

帯広が捜査本部に参加し、尾花藤江がブーケに入店したことが、常連たちを結束させた観があった。

門井純子がコロポックルに来たのはわずか五、六回であったが、常連は彼女が死んだことを悲しんでいた。

帯広がコロを店に連れて行くと、常連たちがみんな出て来て、コロに話しかけた。店内動物禁止を固持している北出までが出て来てコロに餌をやった。

帯広の影響もあって、常連たちは純子が殺されたと確信している。犯人探しを帯広だけに押しつけておけない気持ちになっている。彼らは人生の休戦地帯に避難して来た純子を殺した犯人を一様に憎んでいる。

まず、菊川が彼の言う「昔のコネ」から耳寄りな情報をくわえてきた。

「先日話していたVIP用のコールガールのエージェントですがね、以前は赤坂にあった『マノン』というナイトクラブが取り仕切っていたということです。マノンはいまはありませんが、マノンの店長をやっていた杉野《すぎの》という男が、六本木で『スタッグ』というスナックをやっています。そこに時どき金髪の美女が屯《たむろ》しているという噂です。ちょっと気になる聞き込みなので、一応ご注進しておきます」

菊川が言った。

マノンの噂は帯広も耳にしたことがあった。世界各国の美女を揃えていて、各界VIPからのリクエストに応じて派遣していたということである。

だが、この種の店は噂に上った時点で危険が生じ、客が敬遠するようになって、必然的に消滅の運命をたどる。

マノンの元店長が六本木に店を開いたところで、なんの不思議もない。また六本木という土地柄から、外国の女性が屯していても異とするには当たらないだろう。

だが、菊川がわざわざ帯広に報告してきたところをみると、彼の新聞記者の嗅覚《きゆうかく》ににおうものがあったのかもしれない。

「スタッグの店長と門井純子、あるいは村野弘美とのつながりの有無を調べてみる価値はあるかもしれませんよ」

「有り難う。早速少しほじくってみましょう」

「ガセネタのときは勘弁してください。この種の情報にはガセが多いんです。以前も地方から陳情団が上京するつど、永田町の秘書が愛用している築地のホテルがありましてね、大がかりな売春斡旋《あつせん》ルートがあるんじゃないかと色めき立ったんですが、値段の安いわりに可愛い女の子の従業員が揃っているので、秘書団の間に口コミで広まったというだけでした」

「刑事は無駄足を恐れては、仕事になりませんよ。これからも菊川さんの地獄耳に引っかかった情報をおしえてください」

「一度はこの道から完全に足を洗おうとおもいましたが、雀《すずめ》百まで踊り忘れずと言うように、染《し》みついた新聞記者《ブンヤ》の癖は簡単には抜けませんね」

菊川は自嘲《じちょう》するように苦笑した。

「フリーの方が自由に仕事ができるでしょう」

帯広は菊川がどんなものを書いているのか知らない。フリーランスになって、週刊誌や夕刊の下請けライターのようなことをやっているらしいが、菊川は詳しく語りたがらない。あえて詮索《せんさく》もしない。

マスコミの泥をたっぷりと心身になすりつけているらしい菊川が、進んで帯広の情報収集役を買ってくれたことは頼もしい戦力となった。

「べつに足を洗う必要はないでしょう」

帯広は言った。

「マスコミは巨大な権力を握っています。凶器と言ってもいい。誤った報道によって人間の一生をめちゃめちゃにしてしまうこともあります。ぼくは現役時代、その自覚がなかった」

菊川の表情が翳《かげ》って、目が過去を探るように遠方を見た。

「それは我々も同じです。誤って逮捕し、起訴され、無実の罪で有罪とされても償《つぐな》いようがない。後で濡《ぬ》れ衣《ぎぬ》が晴れたとしても、その人の失われた時間や名誉や、家族を含めた痛みなどは完全に償うことはできません。権力を持っている者や、それに連なっている者は、権力に麻痺《まひ》して、それが他人の人生や運命に対して、どんなに大きな破壊力を持っているか忘れてしまうことがあります。いや、忘れるというよりは気がつかないのですね。自分自身が傷つき、同じ痛みを分かち合って、初めて権力の怖さを知る」

「ペンは剣よりも強しという言葉がありますが、私は自分の書いた記事によって、一人の人間の人生とその家庭をめちゃめちゃにしてしまったことがあります」

菊川が苦いものを吐き出すような口調で言った。帯広は黙って彼の言葉を聞いていた。彼の沈黙が菊川の言葉の先を促した形である。

「七年前、大手運送会社の女社長が世田谷区内の自宅で殺されるという事件がありました。警察は痴情怨恨による殺人と断定して、社員の社長専用車の運転手を逮捕しました。犯人が猿轡《さるぐつわ》に用いた手拭《てぬぐ》いが運転手のもので、彼の血液型に符合する血痕《けつこん》が証明されました。もう一つ、犯行推定時刻に運転手のマイカーが社長の家の近くに駐《と》まっていた、という目撃者の証言がありました。逮捕後、運転手はわりあい素直に犯行を自供しました。

彼の自供によると、女社長とは一年ほど前から関係を結んでおり、最近、女社長が冷たくなったのを恨んでの犯行ということでした。検察は猿轡と目撃者の証言と、本人の自供を踏まえて起訴しました」

「その事件ならおぼえていますよ。美人の女社長の顔写真を新聞で見ました」

帯広は担当外の事件であったが、派手なマスコミの報道が記憶に残っている。

「私は当時、社会部の記者をしており、スクープを何度か飛ばし、脂が乗り切っていました。運転手が自供する前に、すでに女社長に新しい恋人ができたことを突き止めていました。私は自分の取材と警察発表に基づいて、運転手が犯人と確信して記事を書いたのです。大安《だいあん》運送は、その女社長が経営していた運送会社ですが、東京でも大手運送会社の一つに数えられ、警察官がかなり天下《あまくだ》っていました。そのためになんとしても犯人を出したいという警察の強気が、容疑者即犯人という方向に突き動かしていったのです。

運転手は公判において無実を主張しましたが、一審で懲役十三年の判決を下され、控訴中、病死しました。

その後、窃盗《せっとう》事件で逮捕された男が余罪として世田谷区の運送会社女社長殺しを自供したので、運転手の濡れ衣が晴れました。犯人の自供によると、金品を盗む目的で女社長の家に侵入して物色中、目を覚まされ、騒がれたので、現場にあった手拭いで女社長に猿轡をかませ、行きがけの駄賃に暴行しようとしたところ、激しい抵抗に遭って殺してしまったということでした。犯行後、怖くなって一物も盗《と》らずに逃走したそうです。

後になって考えれば、曖昧《あいまい》なことだらけでした。唯一の物証となった手拭いは、運転手が犯行時に遺留したとは限らず、犯行時間帯に女社長の家の近くで目撃されている車も、社長の自宅へ行ったとき、そこに駐めていたそうです。自供は警察から強要された疑いがあります。また、女社長に新しい恋人ができたことは、運転手の犯行に直接結びつきません。抜け駆けの功名を焦った私の記事に誘導されて、他のマスコミも運転手を犯人と決めつけたように報道しました。

運転手が濡れ衣を着せられたまま獄中で病死したことを知った私は、新聞社を辞めました。辞めて、償われるという性質のものではありませんが、新聞社から借りたペンを自分のペンと錯覚して、記事を書きつづけることが恐ろしくなり、足を洗って出直そうとおもったのです」

菊川の述懐を聞いて、帯広は彼も似たような債務を背負っているとおもった。

「足を洗う必要はないのではありませんか。ペンを洗い直せばいい」

「ペンを洗い直す」

「そうです。あなたの人生の要素はペンですよ。ペンを洗い直して出直せばいい」

「洗い直せますかね」

「雀百まで踊り忘れずと言ったでしょう。新聞記者の魂をおもいだすんですよ。初心に返ってペンを洗い直す。あなたならできる」

帯広は自分に言い聞かせるように言った。

105

リサイクルされた証拠

1

棟居はデスクの上に広げられたまま放置されていた新聞の一隅に、なにげなく向けた視線を固定した。だれかが読みさしたまま、べつの用事に呼ばれて残して行ったらしい。

「熟年のリフォーム製品が大人気」という見出しの後に、世田谷区の、現役から退いた技術者や大工や、各種職人が集まり、区役所とタイアップして回収した不用品や粗大ゴミをリフォームして、区内のデパートで委託販売したところ、人気が沸騰し、製作が間に合わず、予約順番待ちとなっているそうである。

熟年者たちの技術がゴミのリサイクルや不用品のリフォームに生かされ、使い捨て時代を戒《いまし》めている。こんな記事の大要である。

「ゴミのリサイクルと同時に、人間のリサイクルを図っているとも言えるな」

使い捨て時代は品物だけではなく、人間も使い捨てる。平均寿命八十歳台に達したいま、六十前後の定年は社会全体にとっても大きな損失と言えよう。

年齢と経験に磨かれ蓄えられた技術と知識は、定年という一線によって仕切られるものではない。定年退職した老人たちがゴミのリサイクルによって社会に叛旗《はんき》を翻《ひるがえ》したような気がして、棟居は痛快なおもいがした。

そのとき棟居は、村野弘美の部屋に残されていたテレビ、冷蔵庫、その他の不用品をゴミとして出したという大家の言葉をおもいだした。

それらを収集した区役所が熟年者のリフォームグループに引き渡していれば、まだ現物が保存されているかもしれない。棟居は自分の着眼を早速帯広に伝えた。

「充分あり得ますね。大家の話では、それまで使っていた品物らしいですから、修理をする必要もなかったかもしれない。早速問い合わせてみましょう」

区の清掃課粗大ゴミ係に照会したところ、個別に収集した粗大ゴミは区内のリサイクル文化センターに集められているということである。

リサイクル文化センターでは、リサイクルあるいはリフォーム可能な粗大ゴミ、不用品等を熟年者のリフォームグループにえり分けてもらって、引き渡している。

区内にあるリフォームグループの作業所を訪問した帯広と棟居は、応対したグループリーダーに、「ケーワンハイム」の大家から聞いた粗大ゴミの特徴を伝えた。

グループの事務所は自動車整備工場の一隅に設けられ、グループのリーダーは整備工場を息子に譲って引退した後、有志を募って工場の一隅に不用品の再生作業所と事務所を設けたそうである。

作業所にはテレビ、冷蔵庫、電気製品、ストーブ、自転車、家具類が山積みされ、数人の熟年者グループが再生作業に当たっていた。いずれも生き生きとして楽しげに働いている。

すでに再生されて、デパートへ搬送直前の完成品が並べられていたが、それらはまさに新品そのものであった。しかもグループ独自の工夫や改良が加えられて、市販の商品よりも使いやすくなっている。

「昨年の十一月と言えば、五ヵ月もたっていますので、もう捌《は》けてしまっているとおもいます」

「まったく壊れていない品をそのまま出したそうなんですが」

「壊れていない……時どき、なぜゴミにしてしまったのか不思議におもうようなものが出されます。新品同様で型も古くなっていないし、どこも壊れていない……そういう品はそのまま私どもで使ったり、欲しいという人に無料で差し上げたりしていますが」

「冷蔵庫とテレビです。どちらもT社製で、新品同様だったということですが」

「新品同様で、どこも悪くないので、私どもで使っているテレビと冷蔵庫がありますが」

「ちょっと見せていただけませんか」

リーダーが案内してくれた自動車整備工場の社員休憩室に、そのテレビと冷蔵庫は置かれていた。

「これですがね。この品はたぶん昨年十一月ごろ、リサイクル文化センターから運んで来たような気がします。どちらも新しい型である上に、どこも壊れていないので、従業員用に重宝していますよ」

リーダーが言った。いずれもT社製の製品である。

「これを運んで来たとき、なにか気がついたことはありませんか」

「そう言われても、特にね。もったいないことをする人がいるもんだなあとおもいましたよ」

「冷蔵庫の中身はどうなっていましたか」

「リサイクル文化センターで中身は全部撤去していました。そうそう、一つだけ妙なものが置き残されていました」

「妙なものと言うと……？」

「フィルムです。撮影ずみのフィルムが冷蔵庫の隅の方に残っていました。なんであんなものを冷蔵庫に入れたのかわかりませんが、撮影者がわかれば返してやろうとおもって、写真屋に出したまま忘れていました」

リーダーがおもいだしたように言った。熱に弱い未現像のフィルムを冷蔵庫に保存することはある。

「すると、そのフィルムはまだ写真屋にあるわけですね」

「あるとおもいます。その後、写真屋からもなにも言ってこないので、すっかり忘れていましたよ」

リーダーは頭をかいた。

帯広と棟居はリーダーから聞いた写真屋に足を延ばした。

「ああ、上村《うえむら》さんが出されたフィルムですね。とうに仕上がっていますが、何度かお電話してもお留守だったとみえて、私の方もつい忘れていました」

写真店の店主はリーダーの名前を告げると、ばつの悪そうな顔をして、古いファイルの中から一袋のＤＰＥずみ封筒を引き出した。

「これです」

二人はその写真を領置《りようち》（任意提供させる）した。

写真屋から領置した印画紙《プリント》には、若い女と男が撮影されていた。街角で撮影したスナップであろう。

被写体は女性が圧倒的に多い。通行人にシャッターを押してもらったのであろうか、男女が一緒に収まっている構図《ツーショット》は、三十数コマ中二コマだけである。

帯広がその写真を村野弘美の大家に見せたところ、同人であることを確認した。ただし、男は心当たりがないと答えた。

ケーワンハイムの全入居者に当たったところ、村野は確認されたが、男を知っている者はいなかった。

「村野の身近に、初めて男が姿を現わしましたね」

棟居が言った。

「男もまさか冷蔵庫の中に足跡を残したとはおもっていなかったでしょう」

「それにしても、どうして冷蔵庫なんかにフィルムを入れておいたのかな。男の目からフィルムを隠そうとしたとすれば、冷蔵庫よりは銀行のロッカーとか、だれかに預けるとか、もっとましな隠し場所があったはずですが。フィルムだけ隠すというのもおかしな話です」

「たぶん、カメラから取り出してちょっと置くつもりで、忘れてしまったんじゃありませんか。以前、私は冷蔵庫の中に財布を置き忘れて、家の中を探しまわった経験があります」

「冷蔵庫はたしかに盲点ですね。中身を整理しないと、古いものが奥へ奥へと入って行ってしまいます。金の隠し場所としては金庫よりも安全な盲点かもしれません」

村野弘美と同じ構図に収まっている男は、推定年齢三十前後から三十代半ば、女にもてそうな整ったマスクをしているが、表情に乏しい細い目と、削《そ》げた顔に陰翳《いんえい》が刻まれてニヒルに見える。

二人は念のためにその写真を、門井純子のマンションの住人に見せたが、反応した者はいなかった。

だが、村野の身辺に男がいた明白な証拠が印画紙に定着されている。一連の写真とその背景から見て、行きずりの男と一緒に撮影したという写真ではない。

男は人気芸能人や有名スポーツ選手でもなく、行きずりに一緒に撮影するという必然性はなかった。

帯広は領置した写真をさらに拡大して、点検した。人物から被写体の背景まで綿密に調べていく間に、帯広の視線が一枚の印画紙に膠着《こうちやく》した。

「なにかありましたか」

一緒に調べていた棟居が、帯広の手許《てもと》を覗《のぞ》き込んだ。

「この写真の背景を見てください。社名の表示が見えるでしょう」

「見えますね。字が少しぼけていますが、大安運送と読むのかな」

「棟居さんも大安と読みましたか。これはたしかに大安運送ですよ」

帯広の顔に薄い興奮の色が塗られている。

「大安運送がどうかしましたか」

「ちょっと心当たりがあります」

大安運送こそ、先日、菊川が述懐した殺された女社長が経営していた運送会社である。

同名の会社がなければ、殺された女社長の会社名が、村野弘美と男が同一構図に収まったスナップの背景に写っている。

一連の写真は街中で撮影されているので、通りすがりにシャッターを押したものかもしれない。だが、もし男と村野と女社長の間になんらかのつながりがあれば因縁である。

帯広は早速菊川に会って、その写真を示した。

菊川は直ちに反応した。

「この男は知りませんが、背景に写っている大安運送はまさしく女社長が経営していた運送会社です。取材に何度も足を運びましたから、まちがいありません」

菊川が断言した。

「菊川さん、殺された女社長に新しい彼氏ができたと言いましたね。それはだれですか」

帯広は念のために聞いた。

「それが、ただのネズミではありませんでした」

菊川の口調が深長な意味を含んだ。

「ただのネズミではないと言うと……」

「湯川陽一ですよ。現運輸政務次官、当時は運輸省の役人でした」

「湯川陽一！　湯川が女社長の新しい恋人だったのですか」

意外な人物の登場である。

「ですから、私も意気込みましてね、運輸省の役人が絡んだ三角関係の殺しという構図が、私の意識の中でできて上がってしまったのです」

「しかし当時、湯川陽一の名前は出ませんでしたね」

「局長命令で差し止められたのですよ。どうも政府の大物から社の上層部に圧力がかかったようです」

菊川に会った後、帯広は棟居と連れ立って大安運送を訪れた。社長を殺害された後、弟が社長のポストを引き継いで経営をつづけている。

社長に面会した二人は、早速例の写真を示して、二人に心当たりはないか問うた。

「あっ、この男は元うちの社員だった佐山《さやま》です」

「元お宅の社員だったのですか」

打てば響くような社長の反応に、二人は上体を乗り出した。

「まちがいありません。先代があんなことになってから間もなく辞めましたがね」

「辞めた後、どうしているかご存じですか」

「湯川陽一の秘書になっていますよ。運輸政務次官の……」

「湯川陽一の秘書……」

帯広と棟居は顔を見合わせた。

ついにつながったとおもった。湯川陽一は「ブーケ」の常連である。その秘書の佐山と門井純子はブーケで出会っているにちがいない。

社長から聞き込みをつづけている間にも、電話が間断なく鳴り、大型トラックが絶えず出入りしている。社業は繁盛しているようである。

「佐山氏が湯川陽一氏の秘書になったについては、なにかコネクションがあったのですか」

帯広は踏み込んだ。

「佐山は湯川陽一の同郷の後輩で、その縁で秘書にスカウトされたようです。詳しいことは私も知りません」

どうやら社長は、先代と湯川の関係は知らないらしい。あるいは知っていても、知らない振りをしているのかもしれない。

佐山が湯川の秘書になったについては、湯川と先代社長とのつながりと無関係ではあるまい。あるいは佐山が両人の仲を取り持っているかもしれない。

村野弘美と一緒に撮影されている男の素性は、門井純子に対しても無色ではあり得ない。

二人は佐山の発見を捜査本部に報告した。捜査本部は色めき立った。

佐山は村野弘美の行方を知っている可能性がある。捜査本部は佐山の事情聴取を検討した。

だが、佐山は政界の要路に立つＶＩＰの秘書である。慎重の上にも慎重を期さなければならない。

「前にも言ったように、村野弘美の蒸発は、門井純子の死因と直接の関係はない。しかも佐山はたまたま村野と同じ写真に写っていただけにすぎない。佐山の事情聴取は時期尚早とおもう」

山路が難色を示した。

「佐山は村野弘美の身辺に浮かび上がったただ一人の男です。理由不明の失踪《しっそう》をつづけている村野の行方を聴くことは、時期尚早とはおもえません」

棟居が反駁《はんばく》した。

「村野の行方を聞いたところで、門井純子の死因とはなんの関わりもあるまい」

「そうとは言えないとおもいます。佐山は門井純子が生前勤めていたブーケに出入りしています。佐山と純子の間には面識があったと考えられます。また村野の行方がわかれば、門井純子と関係があったのかなかったのか確認できます。村野は捜査対象としてすでに決定しているではありませんか」

帯広の言葉に、山路は口をつぐんだ。

「佐山に事情を聴いてみよう。村野の行方は門井純子の死因になんらかの関わりを持っている疑いがある」

那須の言葉が結論となった。

事情聴取に先立って、佐山の身上が調べられた。佐山勝行《かつゆき》三十六歳、妻との間に六歳と四歳の子供がいる。福島県郡山市出身、湯川陽一は大学の先輩でもある。大学卒業後、T自動車販売に入社して営業をしている間に、先代女社長安田昌子《やすだまさこ》と知り合い、大安運送に引き抜かれたという。

湯川陽一が政界に打って出た後、女社長が殺されて間もなく、彼の秘書になった。湯川が順調に当選回数を重ね、政界の主流を泳いでいくのにぴたりとついて、現在、彼の筆頭秘書として羽振りを利かせている。

佐山の妻は、湯川の資金源であり後援会長でもある郷土の大物実業家、東陽銀行副頭取の秘書であった。結婚に際して、湯川が媒酌《ばいしやく》をしている。

「湯川が佐山を引き立てたのは、どうも女社長の事件に関わりがありそうだね。犯人は捕まって事件は解決しているが、湯川と女社長の秘密の関係と、佐山に特に目をかけたことは無関係ではないようだな」

那須が言った。

当時、湯川は運輸省の高官であったが、運輸族の政治家の庇護《ひご》を受けて、女社長とのスキャンダルは秘匿《ひとく》された。

菊川が上層部の命令によって、記事は差し止められたと言っていたが、政界筋から圧力がかかったらしい。

2

佐山勝行の身上調査が一応終わったところで、帯広と棟居が彼に面会を求めた。任意同行の前段階である。警察と聞いて、佐山は身構えたようである。

佐山の仕えている湯川陽一は、運輸省のキャリアから政界入りして、当選三回、初当選と共に運輸委員会に入り、交通部会と通信部会に所属した。

運輸理事、党地方局長、党国対副委員長を経て現在運輸政務次官、あと一回当選を重ねれば入閣適齢期に入る。

これらの経歴が示すように、運輸省との結びつきが深く、生粋《きっすい》の運輸族議員である。民友党第二位派閥の時岡《ときおか》派に所属し、次期政権を睨《にら》む時岡為二《ためじ》とは、彼が運輸大臣時代、運輸大臣秘書官を務めたころからのつながりである。時岡派の番頭格として湯川の羽振りはよい。

湯川には十二人の秘書がいるが、その中で佐山は資金のかき集め役から、上京して来る選挙区の後援者の世話、その他雑用全般を担当して、湯川の懐刀的存在となっている。陳情団はまず佐山を通さなければ、湯川に会えない。

佐山は面会の場所として、湯川の事務所ではなく、都心のホテルのバーを指定した。議員会館や湯川事務所で警察から事情を聴かれている姿を見られたくないのであろう。

帯広と棟居が約束の時間に指定された場所に赴《おもむ》くと、佐山はすでに来て待っていた。写真で見た通りの鋭角的なマスクに、如才ない笑みを浮かべながら名刺を差し出したが、その目は油断なく二人の面会の意図を探っている。

「ご多忙のところをお呼び立てして申し訳ありません。実は少々おうかがいしたいことがございまして」

帯広は低姿勢に切り出した。

「警察のお偉方とは時どきお会いしますが、現場の刑事の方から面会を求められたのは初めてです。私でなにかお役に立つことがございますか」

言葉遣いは丁寧であるが、警察上層部に顔が利くことをそれとなく誇示して牽制《けんせい》している。

「村野弘美さんという女性をご存じですか」

帯広は単刀直入に切り出した。

「むらのひろみ……？」

佐山は茫漠《ぼうばく》とした表情をした。

「この女性ですが」

すかさず棟居が佐山の前に例の写真を差し出した。

「はて、ちょっと記憶にありませんが」

「佐山さんと一緒に撮影されています」

棟居が次に、佐山と村野のツーショットを差し出した。

「こちらは佐山さん、あなたですね」

帯広が印画紙に指を向けた。

「私ですね。しかし、おもいだせません。いろいろな方とよく一緒に写真を撮りますので」

「村野さんとのツーショットが二枚あります。バックに写っている大安運送という表示ですが、こちらはたしか佐山さんが湯川先生の秘書になる前に勤めておられた会社ですね」

背景の看板文字を指でさされて、佐山は仕方なさそうに、

「そうですね」

とうなずいた。

「以前のお勤め先の近くで撮影した写真であれば、ツーショットの一方の女性をおぼえているのではありませんか」

「それが、さっぱりおぼえていません。この写真の撮影月日は不明ですが、大安運送時代に撮影したとすれば、もう七年も前のことになりますので……」

「いや、それほど以前に撮影されたものではないとおもいます。七年も前となれば、この女性は十七歳前後の高校生のはずです。村野さんが入居していたアパートの管理人が、写

真の主を最近の村野さんと認めたのですから、それほど以前に撮影されたものではありません」

帯広が時間の経過の奥に逃げ込もうとした佐山を遮《さえぎ》った。

「と言われても、おもいだせないのですよ。最近撮影した写真となればなおのこと、大勢の方と一緒に写真を撮る機会が多いものですから」

時間の奥へ逃げられないと知って、佐山は、代議士秘書といういまの仕事を隠れ蓑《みの》にしようとした。

「実は、この女性は村野弘美という名前で、世田谷区のアパートに入居していましたが、昨年十一月下旬のある夜、突然蒸発してしまいました。もしかして佐山さんが彼女の行方を知っているかもしれないとおもって、お訪ねしたのですが」

「せっかくですが、いつ、どんな機会に撮影したのかもわからない写真に、たまたま一緒に写っていた女性の行方まで知りません。名前もいま初めて聞いたくらいです」

「門井純子さんという女性はご存じですか」

帯広は質問の鉾先《ほこさき》を変えた。佐山の面にはなんの反応も表われない。

「さあ、存じませんね。だれですか、そのかどいとかいう女性は」

「村野弘美さんのアパートの近くに住んでいた女性ですが、彼女は二月二十一日、都下町田市の山林で死んでいるのが発見されました」

「死んだ」

佐山の顔色が改まった。

「門井さんと村野さんは近所同士だっただけではなく、村野さんが飼っていた犬を門井さんに嫁に出しています」

「そんなことが私になんの関係があるのですか」

佐山の表情が少し気色ばんだように見えた。

「村野さんと門井さんの関係を説明しているだけです。門井さんの死因と村野さんの失踪との間になんらかの関連があるのではないかとおもいましてね」

「二人の間に関連があろうとなかろうと、私は関係ありませんよ。そろそろ次の約束の時間が迫っておりますので、失礼したいのですが」

佐山はわざとらしく時計を覗いた。

「今日はご多忙のところを、時間を割《さ》いていただいて有り難うございました。必要な情報を集めるために、多少とも関わりのある方にはお尋ねしております。なにとぞお気を悪くなさいませんように」

帯広は詫《わ》びた。

「べつに気なんか悪くしていませんよ。私でお役に立つことがございましたら、なんなりとお申しつけください」

佐山は顔色を直して席を立ち上がりかけた。

「もしかすると湯川先生が村野さんと門井さんをご存じかもしれません。一度、湯川先生にお会いしてうかがってみたいとおもいます」

棟居が腰を浮かしかけた佐山を追いかけるように言った。佐山は一瞬、ぎくりとしたような表情になって、

「先生はなんの関係もありません」

と姿勢を二人の方に向け直した。

「ちょっとお尋ねしようとおもっただけです」

「なんの関係もないのに、先生を煩《わずら》わさないでいただきたい」

佐山はややきっとした口調で言った。

「あなたは湯川先生の人脈をすべてご存じですか。村野さんと門井さんはあなたの知らない湯川先生の人脈に連なっているかもしれないでしょう。それとも先生に直接尋ねられては、なにか都合の悪い事情でもあるのですか」

「都合の悪いことなんかなにもありません。先生はいやしくも国会議員ですよ。そんな得

体の知れない女のことでいちいち問い合わせられては、先生が迷惑します」

「得体が知れないとどうしてわかるのですか」

「そ、それは、得体が知れないから調べているんじゃありませんか」

佐山は辛うじて土俵際で残した。

3

佐山に会った帰途、棟居が言った。

「やっこさん、うろたえていましたな」

「佐山の狼狽《ろうばい》ぶりは、湯川が門井純子もしくは村野弘美、あるいはその両人に関わりを持っていることを語るに落ちた形ですね」

「湯川が関わりを持っているとなると、事件はますます広がってゆきます」

棟居が宙を睨んだ。二人の心証は次第に煮つまってきているが、佐山からは具体的な収穫はなにも得られていない。

村野弘美の夜逃げには、運送店の介在が必要であるが、佐山が以前勤めていた大安運送では村野の夜逃げ当時、該当するような引っ越しの依頼は受けていないということである。

大安運送が特に佐山のために口を合わせる必然性はない。

「考えてみれば、佐山は、元勤めていた運送会社に我々が目をつけるであろうことは、当然予期していたでしょう。佐山が古巣の運送会社を使うはずはありませんな」

帯広は苦笑した。

だが東京中の、いや、東京とは限らないすべての運送店（会社）を洗うとなると、いまの捜査本部の陣容では無理であった。

次に帯広と棟居は六本木の「スタッグ」に赴いた。スタッグは「マノン」の元店長《マスター》が経営しているという。

菊川の情報によると、マノンは高級コールガール組織のエージェントであったという。その店長をしていたスタッグの経営者に会えば、門井純子や村野弘美に関する情報が得られるかもしれない。

もしかすると、マノン時代のエージェントをスタッグが引き継いでいる可能性もある。もしそうだとすれば、スタッグの経営者は簡単に口を割るとはおもえない。

六本木交差点角を占める喫茶店「アマンド」の前には黒人や、国籍不明の外国人の客引き《ポーター》が屯《たむろ》して、通行人に呼びかけている。髪の長いミニスカートの若い女の子にも声をかけているところを見ると、〝風俗〟のスカウトもしているのかもしれない。

帯広と棟居の方に近寄りかけたポーターが、二人の視線に出合って、たじろいだように姿勢を転じた。彼らの気配からその素性に気づいたらしい。

六本木には、すでにイルミネーションが満開であった。この界隈《かいわい》は銀座の成熟した雰囲気とはまた異なった、コスモポリタンの空気が漂っている。

界隈に散在する各国大使館、テレビ局などが多国籍の人間を呼び集め、風俗を国際化した下地となったと言えるが、東京中の盛り場が終わった後、遊び足りない者が六本木に集まって来て、夜を盛り上げた。

六本木には、東京の夜の合成でありながら、新宿のようなごった煮ではなく、派閥横断型の政党のような、ファッションと遊びによって集まった緩やかな連帯のようなものがある。

その連帯がマスコミで通信教育を受けたファッションの実地研修所《スクーリング》となって、地方色《ローカルカラー》が混じってきた。これを嫌った個性派が西麻布の方へ逃げ出しかけていると、帯広は消息通から聞いたことがある。

スタッグは六本木三丁目の雑居ビル地下にあった。十坪前後の店内には、カウンターに面してテーブル席が三つあり、奥まった席に三人の女性が座っていて、帯広と棟居の方に詮索《せんさく》の視線を集めた。

　カウンターには中年の揉《も》み上げの長いバーテンダーが立っていて、二人が入って行くと無表情な顔を向けた。

　三人の女性はいずれも髪が長く、化粧と服装が派手である。

「杉野さんですか」

　帯広はバーテンダーを店長と見当をつけて、声をかけた。

「私が杉野ですが」

　杉野は少し身構えたようである。二人が入って行ったとき、いらっしゃいと声をかけなかったのは、すでに彼らの素性を察知したせいかもしれない。

「私たちはこういう者ですが、ちょっとおうかがいしたいことがございまして」

　帯広が警察手帳を覗かせた。杉野の顔色が改まり、女性たちが居ずまいを変えたように見えた。女性たちはどうも客ではないようである。だが、ホステスでもなさそうである。スタッグを拠点にしているコールガールかもしれない。

「春の火鉢について聞いたことはありませんか」

　帯広は単刀直入に聴いた。

「さあ、知りませんね」

杉野のポーカーフェイスにはなんの反応も表われない。

「それではこの写真の主に心当たりはありませんか」

帯広は門井純子の写真を示した。

「いいえ」

杉野は写真を一瞥《いちべつ》して首を横に振った。

「以前、この女性がマノンに出入りしていたそうですが」

帯広は誘導《カマ》をかけた。

「マノンにはたくさんのお客様がいらっしゃいましたから、ちょっと記憶にございません」

「いや、客ではなく、マノンで働いていました」

「マノンで働いていた……マノンにはこのような女性は働いていませんでしたが」

杉野の顔だけではなく、口調も無表情になった。

「従業員として働いていたのではなく、マノンで仕事を斡旋《あっせん》してもらっていたということはありませんか」

「仕事の斡旋……マノンではべつに仕事の斡旋などはしていませんでしたが」

「スタッグで斡旋しているような仕事を、マノンで斡旋していたのではありませんか」

「お話の意味がよくわかりませんが」

「どんな仕事を斡旋してもらっているか、なんならそこにいる女性に聞いてみようかね」

帯広がじろりと客席に座っている三人の女性の方に目を向けた。三人は身体《からだ》をすくめるようにして席を立ち、店の外へ出て行こうとした。棟居がすかさずその前に立ちはだかって、

「あなた方にも少々お尋ねしたいことがあります」

と有無を言わせぬ口調で言った。

三人は棟居の迫力に圧倒されて、元の席にうずくまった。

「あなた方はこの写真の主を知りませんか」

帯広は三人に門井純子の写真を示した。三人は一斉に印画紙を覗き込んだが、特に反応は表われない。

「この女性は二月二十一日、都下町田市の山林で縊首《いしゅ》、つまり首を吊った状態で死んでいるのが発見されました。以前、赤坂のマノンに出入りしていた状況があるので調べていますが、あなた方になにか心当たりはありませんか」

帯広はさらに突っ込んで問うた。

「そう言われてもねえ」

「私たち、マノンには行ったことがないもの」

三人は顔を見合って答えた。

「でも、自殺をした人をどうして刑事さんが調べているんですか」

三人のうちで、茶髪《ちゃぱつ》の部分メッシュをした日本人離れした彫りの深いマスクの女性が問うた。

「ちょっと死因に疑いがありましてね」

「死因に疑い……殺されたということでしょうか」

「その疑いがあります」

彼女らの顔色が改まった。杉野がカウンターの向こうで身じろぎをした気配がわかった。

「もう一枚、見てもらいたい写真があります」

帯広は佐山と村野弘美のツーショットを取り出した。

「この人なら、このお店に来ていたのを見たことがあるわ」

彫りの深いマスクの女の子が弘美を指して打てば響くように答えた。

「この店に来たことがある」

彼女の言葉に、杉野のポーカーフェイスが崩れた。

「湯川先生と一緒に来たことがあるわ」

杉野の狼狽を斟酌《しんしゃく》せずに、彼女は言った。

「奈美《なみ》さん」

カウンターの向こうから杉野が目顔で、よけいなことは言うなと牽制した。

「湯川先生というと、湯川陽一氏のことですか」

帯広は見当をつけて問うた。

「そうよ。湯川先生、この写真の主の女性にだいぶご執心のようだったわ」

「お客様のプライバシーについて、軽々しく口にするもんじゃない」

杉野が見かねたように口を出した。

「すると、こちらのご婦人方はこの店のお客ではないのかね」

すかさず帯広に衝《つ》かれて、杉野は言葉に窮した。

「この人は村野弘美さんといって昨年十一月ごろ、突然失踪して現在も居所不明です。村野さんの失踪はただいまお見せした写真の主の門井純子さんの疑わしい自殺となにか関わりがあるのではないかと、我々は睨んでいます。村野さんと湯川さんにつながりがあることは、ほかの線からもつかんでいます。もし、あなた方に村野さんの行方についてなにか心当たりがあったら、おしえていただきたい」

帯広は一気に迫った。

「と言われても、そんなに親しくしていたわけではないし、お店で二、三度見かけただけですから」

彫りの深いマスクの女性が当惑したように答えた。

「二度ですか、三度ですか」

帯広は迫った。

「三度、だとおもいます」

「三度、湯川先生と一緒に見えたのですね」

「そうです」

彼らの会話をカウンターのかなたから杉野がはらはらしながら聞いているようである。

「湯川先生と村野さんが一緒に見えたとき、なにか気がついたことはありませんか」

「さあ、べつに気がついたことはなかったわね」

三人は顔を見合わせた。

「村野さんの安否が気遣われています。どんな些細《ささい》なことでもけっこうですから、おもいだされたらおしえてください」

「安否というと、村野さんの身が危険に瀕《ひん》しているということなの」

彼女らの面に薄い不安の色が塗られた。

「最悪の場合は生命の危険があります」

「生命の危険」

三人はぎょっとしたようになった。

「でも、村野さんの安否が気遣われているのだったら、湯川先生にお尋ねになったら手っ取り早いんじゃないですか」

彫りの深いマスクの女性が言った。

「仮にあなた方が湯川先生に同伴したとして、先生にその事実の有無を尋ねたら、先生が正直に答えてくれるとおもいますか」

帯広の言葉は的確に的を射たらしい。

「あなた方のお仲間が突然蒸発してしまったのです。村野さんと湯川先生になんらかのつながりがあるらしいことは察しておりました。しかし、国会議員は村野さんとの関係、つまり春の火鉢との関係はひた隠しに隠します」

帯広がかけたカマに三人の女性はぎょっとした表情を覗かせた。案の定、春の火鉢はＶＩＰのエスコートをする女性たちの隠語らしい。

「ＶＩＰにとっては春の火鉢は消耗品でしょう。しかし、春の火鉢一人一人はかけがえがない。我々はそのかけがえのない人の行方を探しているのです。もしあなた方にお心当たりがあったら、こちらへ連絡してください」

帯広は警察署名と電話番号を印刷した名刺に自分の名前を記入して、三人の女性に渡した。杉野の前では言いたいことも言えないだろうと判断したのである。

特に杉野から奈美さんと呼ばれた女性は、なにかを知っているようであった。

刑事が腰を上げかけたとき電話が鳴った。杉野は受話器を取り上げた。

「レッドホースでしたら以前の店です。いまは経営が替わっています」

杉野が受話器に答えて電話を切った。それを潮時に帯広と棟居は席を立った。

スタッグから出ると、二人は顔を見合わせた。

「いまの電話は客からですね」

棟居が言った。

「レッドホース、赤い馬か……きっと刑事か警察の暗号でしょうな。しばらく張り込んでみますか」

帯広が言った。

客からの電話に対して、レッドホース（警察？）が来ているので、かけ直してくれという、かねて客との間で申し合わせておいた符牒《ふちょう》であろう。

二人はスタッグの出入口を見通せる向かいの街角に立って、しばらく見張ることにした。

間もなく奈美が急ぎ足で出て来た。

二人は悟られぬように彼女を尾行した。奈美は六本木の交差点を防衛庁の方角に向かって渡り、左手にあるホテルの中に消えて行った。ホテルには客が待っているのであろう。

睨んだ通り、スタッグはコールガールのエージェントであった。店に居合わせた女性はほんの一部で、客からのリクエストに応じて、電話で女性を派遣するのであろう。

この種の客との仲介をする店は、デートクラブと称して新宿や渋谷方面に多いが、新宿、渋谷の店がブックと呼ぶちらしをばらまいて不特定の客を集めているのに対して、スタッグは会員客だけに限定しているらしい。

「奈美を呼んだ客がどんな客か確かめてみましょうか」

棟居が帯広の顔色を探った。

「私も同じことを考えていましたよ。会員制ならば、客の間にもネットワークがあるかもしれない。意外な客が引っかかるかもしれません」

帯広はうなずいた。

そのホテルは六本木名物になっているホテルであり、この街に集まって来る恋人たちのメッカでもある。

ホテルの設備は決して上等とは言えないが、地の利は抜群によい。スナックやクラブ、ブティックなどを集めたファッションビルの一隅を占めるホテルは、純然たるラブホテルでありながら、街角の延長のようにホテルの中に入り込める。ブティック、スナック、クラブ等に混じって、クリニックも同居している。

空室状況がボードで一目でわかり、フロント係との接触を最小限にして客室に入れる。

二人はフロントへ歩み寄ると、警察手帳を示して、

「いまスタッグの奈美さんがチェックインしたはずだが、ルームナンバーをおしえてもらいたい」

と有無を言わせぬ口調で言った。

スタッグから歩いて数分で来られるこのホテルは、奈美の常宿にちがいないと睨んだ帯広の勘は的中した。

彼の迫力に圧倒されて、フロント係はルームナンバーをおしえた。

「レジスターを見せてもらいたい」

「当ホテルではレジスターをいただいておりませんが」

フロント係は当惑した口調で言った。それは自らラブホテルであることを白状するようなものである。

「奈美さんのパートナーは馴染《なじ》みの客のはずだが、だれだか知っているんだろうね」

帯広はさらに追及した。フロント係の表情が暗に知っていると答えている。

「時どきお見えになりますので、お顔は知っていますが、お名前は存じ上げません」

フロント係はへどもどしながら答えた。

「そうかね。顔は知っているんだね。その客が出て来たら、合図をしてくれたまえ」

帯広は言った。奈美を呼んだ用事がすめば、おそらく彼女と連れ立っては出て来ないであろう。

二人はフロントロビーとエレベーターホールの二手に分かれて待った。六本木の土地柄を示すように、ファッショナブルな男女が連れ立って、あるいはべつべつに出入りをしている。ディスコで知り合ったばかりのような即席らしいカップルも見える。

新宿の夜が人間の欲望がぶつかり合っているように感じられるのに対して、六本木の夜はなんとなくアンニュイで成熟している。だが、成熟の底に腐敗がある。果物にしても、少し腐りかけている方が甘い。六本木の夜にはそんな甘さがある。

ラブホテルの一隅にうずくまって凝《じ》っと張り込みをつづける刑事には、ホテルを出入りする男女が、その腐った甘味に群れ集まって来る蝶《ちょう》のように見えた。

いずれも遊び馴れているが、疲労と倦怠《けんたい》感がある。夜、羽を開く黒い蝶や赤い蝶が、束《つか》の間《ま》羽を休めるためにホテルにやって来る。

宿泊客もいるのであろうが、チェックインする客とチェックアウトする客の数はほぼ釣り合っているようである。

一時間半経過した。奈美が出て来た。棟居が目顔で合図を送ると、彼女の後を追った。スタッグでは彼女は協力的であった。彼女のパートナーが身の上を明らかにすることを拒んだ場合に備えて、棟居は彼女から直接、パートナーの素性を聞き出そうとしたのである。

奈美が立ち去ってから五分ほどして、フロントに一人の客が出て来た。カウンターでキーを返す。部屋代はすでに前払いしてある。

フロントカウンターからエレベーターホールの方に向かった客の前に、帯広は立った。フロント係からサインをもらうまでもなく、すでに帯広の知っている顔であった。

「これは佐山さん、珍しいところでお会いしましたな」

帯広から声をかけられて、その客はぎょっとなって立ちすくんだ。湯川陽一の秘書、佐山勝行である。

「ど、どうして、ここに……」

佐山は一瞬、帯広も同じホテルを利用したとおもったらしい。

「スタッグの奈美さんに用事がありましてね、ここで彼女を待っていたら、あなたにお会いしたというわけですよ」

帯広は不意を打たれた狼狽から立ち直っていない佐山に追撃を加えた。帯広の言葉は、佐山が奈美のパートナーであるのを知っていることを示している。

「ぼ、ぼくは……」

佐山は咄嗟《とっさ》に答えるべき言葉を失った。

「どうやらスタッグをご愛用のようですね」

「知らない。ぼくはなにも知らない」

この期《ご》に及んで、佐山はシラを切った。

「奈美さんに聞けばわかることです」

「行きずりの女です。街で知り合ったんだ。プレイですよ、プレイ。女の名前も素性も知らない」

「けっこうです。べつにあなたの恋愛やプレイについては関心はありません。ただ、スタッグで、奈美さんからちょっと面白い情報を聞き込みましたのでね」

「面白い情報……？」

佐山の面に不安の色が刷《は》かれた。

「村野弘美さんが湯川陽一先生と一緒にスタッグに現われたそうです」

「そ、それは、他人の空似《そらに》だろう。あの女のような顔はよくあります」

「おや、どうして湯川先生が村野さんと連れ立っていてはいけないのですか」

帯広に衝かれて、佐山はますますうろたえた。

「そんなコールガールの話なんか信用できない」

「奈美さんをどうしてコールガールと知っているのですか」

「つ、つまり、その、彼女から聞いたんです」

「ほう、街で知り合ったプレイパートナーが、自分からコールガールだと名乗ったのですか」

帯広に皮肉っぽく言われて顔を覗《のぞ》き込まれた佐山は、へどもどした。

「佐山さん、我々は村野弘美さんの行方を探しています。あなたがご存じなければ、それでよい。しかし、もし知っていて口をつぐんでおり、後で彼女の行方が湯川先生となんらかのつながりがあるということがわかったら、湯川先生にも影響するかもしれませんよ」

「それは脅しですか」

「脅しと取るなら、取ってけっこう。しかし、あなたが本当に村野さんの行方を知らないのであれば、なんの脅しにもならないはずですがね」

「おれは知らない。本当に知らないんだ」

佐山の言葉遣いが崩れた。

「知らなければ知らないでけっこうです。湯川先生に直接聞いてみましょうかね」

「湯川先生は関係ないと前にも言っただろう」

「直接聞かれては、なにか困る事情でもあるのですか」

「そんなものはなにもない。そんなことで先生を煩わせたくないだけだ。先生に聞きたければ筋を通すんだな」

「筋を通す？」

「しかるべき上司を通して申し込んで来なさい。一介の刑事がそんなことで湯川先生に会えるとおもったら、おもい上がりも甚《はなは》だしい」

佐山は湯川の影響力を誇示して、それとなく恫喝《どうかつ》した。虎《とら》の威を借る狐《きつね》が、刑事の首など並べていくらでも吹っ飛ばせると肩をそびやかしている。

帯広は苦笑して、

「それがあなたの言う筋というものであれば、通してもいいですがね、その前に奈美さんやスタッグの店長からも聞いてみましょう。あの店長、叩けばいろいろと埃《ほこり》が出そうだ」

と言った。

帯広の言葉に、佐山の顔が血の気を失った。どうやら弱味を衝いたらしい。

このとき棟居は路上で奈美に追いついていた。

「奈美さんとおっしゃいましたね」

棟居に声をかけられて、奈美は振り返った。

「あら、刑事さん」

その顔は少しも悪びれていない。仕事帰りに知り合いと出会ったような表情である。

「実は先程の話のつづきをうかがいたくて、待っていたのですよ」

「話のつづき……なんだったかしら」

奈美は記憶を探るような表情をした。

「村野弘美さんと湯川先生が連れ立って店に見えたとおっしゃっていたでしょう」

「ああ、あのこと。あのことならすでにお話ししたわ」

「二人について、なにか心当たりがあるように見受けましたが」

「べつになにも心当たりはないわよ」

「店長の前では話しにくかったのではありませんか」

「店長はお客の話をするのをいやがるのよ」

「春の火鉢について、なにか聞いたことはありませんか」

「お店でもそんなことを聞いていたわね。べつになにも聞いていないわ」

「立ち入ったことを聞きますが、あなた方はスタッグでなにをしていたのですか」

「あら、知らなかったの。てっきり知っていて、来られたとおもっていたわ」

「うすうすとはね。しかし、我々はその方面の担当ではありません」

「自殺したとかいう女の人の事件と、村野さんの行方を捜査しているんでしょう」

「そうです。自殺をしたとされる門井純子さんは妊娠していました。彼女は赤ちゃんを産むつもりでいました。赤ちゃんを産もうとしていた女性が、自殺をするはずがありません。それなのに胎児の父親は名乗り出てきません。

また村野さんは彼女の死の三ヵ月ほど前、失踪《しっそう》しました。我々は二人の死と失踪がなんらかのつながりがあると睨んでいます。門井さんも村野さんもあなた方の同業であったかもしれない」

「警察は私たちが殺されたり、蒸発したりしても、一生懸命探してくれるのね」

奈美の顔色が動いた。

「もちろんです。だれが殺されても、我々は草の根を分けても犯人を探します。犯人を捕らえても奪われた生命は戻りませんが、それでも我々は犯人を追います」

「これは関係ないことかもしれないけれど……」

奈美がふとおもいだしたように言った。

「どんなことでもけっこうですよ」

「村野さん、だれかと待ち合わせて、お店で時間を潰《つぶ》していたことがあったの。そのとき、ふとした弾みにハンドバッグの中身を落としたことがあったわ。落とした小道具の中に赤い包み紙があって、私の足許《あしもと》に落ちたの。私が拾い上げて村野さんに手渡すと、村野さん、にっこり笑って、『有り難う、これは私の守り神なの』と言ったわ」

「赤い包み紙が守り神……」

棟居は奈美の言葉の意味を測った。

「きっと村野さんの常備薬だとおもうんだけれど、私の母は心臓が弱くて、特効薬のニトログリセリンを赤い紙に包んで、いつも肌身離さず持っていたわ。村野さんが落とした赤い包み紙が、母がいつも身につけていたニトログリセリンの包み紙にそっくりだったの。もしかしたら村野さん、心臓が弱いんじゃないのかしら」

奈美が推測した。

包み紙が似ていたからといって、心臓の特効薬とは限らない。なにかべつの持病があり、その常備薬を包んでいたのかもしれない。

「その赤い紙は神社かお寺のお守ではありませんでしたか」

「神社やお寺のお守ではないとおもうわ。小さいし、薄っぺらだったし、あれは村野さんの常備薬だとおもうわ」

「日ごろ心臓や、どこか身体《からだ》の具合が悪そうな気配がありましたか」

「お店で二、三度顔を合わせたことがあるくらいで、親しくおつき合いをしていたわけではなかったから、そんなことまではわからないわ」

「あなたがいま出て来られたホテルで、一緒に過ごしたパートナーをおしえてもらえませんか」

「なんだ、見られていたのね」

奈美は怒りもせず、舌先をちろりと覗かせて、

「もしかして、パートナーが村野さんの行方を知っているとおもっているんじゃなくて」

と言った。

「あなたがそうおもう根拠はなんですか」

棟居は糸の先に予期しなかった感触をおぼえた。

「だって、パートナーは湯川先生の秘書だもの」

「湯川……氏の秘書……まさか佐山」

「なんだ、知っていたんじゃないの。知っていながらカマをかけたのね」

「いや、あなたがホテルを出てからすぐに後を追いかけて来たから、パートナーの姿は見ていない」

「佐山さんにはご贔屓《ひいき》いただいているわ。でも私たち、恋愛関係よ。佐山さんにはご迷惑をかけたくないわ」

「あなた方のプライバシーには興味がありません。村野さんの行方を探しているだけです」

「もしかしたら山岸《やまぎし》先生がご存じかもしれないわ」

奈美がふとおもいついたように言った。

「山岸先生とはだれですか」

棟居はすかさず追いすがった。

「お医者さんよ。私たち、こういう仕事をしているでしょう。だから、定期的に先生に診てもらっているの。素人の女よりもよほど健康に気を遣っているわ」

「村野さんはその山岸先生にかかっていたのですか」

「確かめてはいないけれど、山岸先生は私たちのような女の子のかかりつけの医者よ。医者ならだれにでも気安く見せられるという場所ではないでしょう」

奈美の言葉は、村野が同業者であることを暗に認めている。

山岸は彼女らの間で、口コミで有名になっている医者のようである。

「その山岸先生の住所をおしえてください」

「いま私が行ったホテルのビルの中にあるわ」

「同じビル」

道理で棟居に薄い記憶があった。奈美をつけてホテルのビルへ入ったとき、そんな看板があったような気がする。

山岸が村野のかかりつけの医者であれば、彼女が所持していた赤い包み紙も、山岸の処方によるものかもしれない。

棟居は奈美に礼を言って、ホテルの方へ引き返した。

そろそろ六本木はサラリーマン族から深夜族に交替しつつあった。

帯広と棟居はホテルのビルの前で合流した。二人は今日の収穫を検討した。佐山が奈美の客であるということは、湯川と村野の関係を裏づけるものである。

「おそらく佐山が湯川に村野を取り持ったのでしょう。佐山は我々が湯川に直接接触することを極端に嫌っています。ということは、村野の失踪に湯川が関わっていることを暗に物語っています」

棟居が収穫の重みを測るように言った。

「湯川を攻める前に、まず山岸に会わなければなりませんね」

帯広が言った。

「今日はもう遅い。山岸クリニックも閉まっています。明日出直しますか」

二人は今日の成果に満足した。だが、捜査本部を納得させるには具体性に欠ける。村野弘美のかかりつけが山岸だったかどうか確かめられていない。奈美の曖昧《あいまい》な言葉によるだけである。

だが、この業界における口コミの威力は大きい。村野弘美はスタッグに出入りしていた。スタッグの女性から山岸クリニックの噂《うわさ》は耳に入っていたであろう。べつに耳に入らずとも、山岸クリニックと同じビルにあるホテルに出入りしていれば、クリニックの存在は知っていたはずである。

奈美は断定はしなかったが、山岸クリニックは村野弘美のかかりつけであったことは、かなりの自信があって証言したのかもしれない。

その夜、捜査本部に帰って収穫を報告すると、案の定、

「仮に山岸クリニックが村野のかかりつけであったとしても、それがなんだと言うのかね。村野の行方とは結びつかないだろう。また佐山がスタッグのコールガールの客であったとしても、湯川と村野の関係の裏づけにはならない。

前にも申し述べたが、改めて諸氏の注意を喚起する。我々の捜査の的は門井純子であって、村野弘美ではない。たまたま村野が門井の死の三ヵ月前に失踪しただけであって、両者の死因と失踪の間には明確なつながりはない。私はどうも捜査の方向が逸《そ》れているような気がしてならない」

帯広と棟居が持ち帰った収穫に対して、山路がふたたび持論を蒸し返した。

山路は常に那須班の最古参として、その経験に基づいた正論を述べ、先入観に染められた見込み捜査を戒めている。

「村野弘美の捜査は、すでに捜査会議で決定した方針ではありませんか。また湯川陽一と村野弘美が同行している場面をスタッグの女性に見られており、佐山がスタッグから女性を呼んでいた事実と関連して、佐山が湯川と村野の間を取り持った可能性はかなり大きいと言えましょう。スタッグは門井純子の古巣らしいマノンの尾を引いています。門井と村野の接点は犬だけではありません。もし村野弘美が致命的な持病を抱えていたとすれば、スタッグの女性たちのかかりつけの山岸クリニックを当たってみるのは無駄ではないともいます」

棟居が山路の正論に反駁《はんばく》した。正論は捜査を正しい方向に軌道修正はしても、捜査の勢いにブレーキをかける。

「致命的な持病と言うと、村野弘美の失踪に病気が関連があるとおもっているのかね」

山路が興味を示した。

「スタッグの女性の証言によると、村野弘美はニトログリセリンらしい薬の包み紙を持っていたそうです」

「それはニトロと確かめられたわけではないんだろう。そこに居合わせた女の子の推測にすぎない」

「ニトロか胃薬かわかりませんが、スタッグの女性のかかりつけであるクリニックを当ってみるだけの価値はあるとおもいますが」

「帯広君と棟居君の報告によると、佐山勝行は湯川代議士に直接当たられることを極端に嫌っているようだ。つまり、湯川代議士は村野弘美の行方についてなにかを知っているか、あるいはなんらかの関わりを持っていることを、佐山が語るに落ちた形と言える。佐山は村野とツーショットにおさまっている。佐山はとぼけているが、街の行きずりのツーショットでないことは確かだ。村野が六本木のホテルに出入りしていた証言はまだ得られていないが、佐山が利用していたホテルと同じビルの中にある山岸クリニックの存在を知っていた可能性は大きい。山岸に当たってみよう」

那須が結論を下した。

急死した失踪

1

翌日、帯広と棟居は連れ立って山岸クリニックを訪れた。午前の診療時間の終わったころを見計らって、ビルの二階にあるクリニックのドアを押すと、案の定、患者の姿は見えなかった。診療科目は婦人科、性病科とある。

診察室の受付窓口には、午後の診療時間は三時から六時三十分までと書かれた掲示板《ノーティス》が出されている。掲示を無視して窓口から声をかけると、若い看護師が顔を見せた。

「午前の診療時間は終わりましたけれど」

看護師が訝《いぶか》しげな視線を向けて言った。きっと女性患者ばかりの中に現われた男二人に、不審の念を抱いたのであろう。

「患者ではありません。我々はこういう者ですが、ちょっと先生にお目にかかりたいと伝えてください」

棟居が警察手帳を示して言った。看護師の顔が緊張して、奥へ引っ込んだ。

待つ間もなく、丸顔に眼鏡をかけた中年の血色のいい男が現われた。休憩中だったらしく、白いガウンは羽織っていない。

「私が山岸ですが、なにか……」

山岸は眼鏡越しに、詮索《せんさく》の視線を二人の方に向けて問うた。

「たぶん先生の患者だとおもいますが、この女性をご存じではありませんか」

帯広はまず門井純子の写真を示した。

「いいえ」

山岸は美人患者の患部を診察するような目を印画紙に向けて、首を振った。

「名前は門井純子さんと言います」

「さあ、知りませんね」

山岸は明確に首を振った。とぼけているようには見えない。

「それでは、こちらの女性はいかがですか」

次いで村野弘美の写真を取り出すと、山岸の表情にかすかな反応が感じられた。

「ご存じですか。村野弘美さんと名乗っていましたが、本名かどうかはわかりません」

「そうです。村野弘美さんです。私の患者でした」

山岸はあっさりとうなずいた。

「先生の患者でしたか。彼女はどこが悪かったのですか」

「患者の病名は秘密になっていますが」

「実は彼女は十一月下旬から失踪《しっそう》しております。我々はその行方を探しているのです」

「十一月下旬から失踪……村野さんは死にましたよ」

「死んだ……」

二人は束《つか》の間《ま》、唖然《あぜん》として言葉を失った。

「十一月二十四日、心筋梗塞《しんきんこうそく》の発作で亡くなりました。私が行ったときはもう駄目でした」

「駄目ということは、すでに死亡していたということですか」

「そうです。村野さんには狭心症の持病があって、ニトログリセリンをいつも身につけているようにと勧めていたのですが、急性の発作が起きて、間に合わなかったようです」

「先生が呼ばれたということですが、どこに呼ばれたのですか」

「村野さんの自宅です」

「だれが呼んだのですか」

「そんなことまで言う必要があるのですか」

山岸の表情が警戒した。

「お願いします。村野さんは、先生が村野さんの死亡を確認したという自宅から、たぶん死亡後、蒸発してしまっているのです。死人が蒸発するはずがない。だれかが彼女の死体を人知れず移動したのです。すなわち、先生を呼んだ人物が、彼女の死後、その死体をべつの場所へ移したと考えられます」

「そ、そんなことを、なぜ……」

山岸の表情が村野の蒸発を知らなかったことを物語っている。

「我々もその理由を不審におもっています。なぜ村野さんの遺体を移動したのか。その理由を移動した人物に会って確かめたいとおもいます」

「しかし、村野さんの遺体にはべつに不審な点はありませんでしたよ」

「そのことはいずれお尋ねしますが、いまお聞きしていることは、先生を呼んだ人物がだれかということです」

「佐山さんです。湯川陽一先生の秘書の佐山勝行さんです」

山岸は仕方なさそうに答えた。

「佐山……氏が、先生を呼んだのですね。つまり村野さんが死んだとき、佐山氏が居合わせた」

「そうです」

「改めてお尋ねしますが、先生は遺体に不審な点はなかったとおっしゃいましたが、先生が不審はないと言うのは、具体的にどういうことですか」

「それは……首を絞めたとか、凶器で殴ったり突いたりしたとか、毒物を飲ませたとか、そのような痕跡《こんせき》はなかったということです」

「なるほど、心筋梗塞の発作を誘発する原因はなんですか」

「それはまあ、いろいろと体質的なものもありますが、もともと冠状動脈に血栓や攣縮《れんしゅく》などがあって、血液の循環障害によって心臓が壊死《えし》して死に至るというものですが」

山岸の歯切れが悪くなった。

「心臓の動脈が硬くなって、血栓が血管に引っかかり発作を起こすということは我々も常識的に聞いておりますが、発作を促す原因というものがあるのではありませんか。たとえば心臓の弱い人が心身の過労を重ねたり、急激な運動が引き金になるということは……」

「過労や過度の運動が発作の誘因になることはかなり多いですね」

「過度の運動にセックスも含まれるでしょうね」

「含まれます」

山岸は仕方なさそうにうなずいた。

「先生が呼ばれたとき、村野さんは生前情交をした痕跡はありませんでしたか」

「特にそんな痕跡はなかったとおもいます」

「遺体、特に性器を詳しく検《しら》べたのですか」

「そんなことはしません」

「それでは生前情交はなかったと断定できないのではありませんか」

「断定はできません」

山岸はしぶしぶうなずいた。

「遺体はどんな状況になっていたのですか」

「ベッドに横たわっていました」

「ほう、ベッドにね。すると、パートナーが生前情交の後、遺体をベッドに横たえた可能性もありますね」

帯広は追及した。

「それはまあ、考えられます」

「遺体は衣服を身につけていましたか」

「パジャマを着ていました」

「パジャマを情交後、遺体に着せることもできますね」

「それはまあ、できます」

「すると先生は、かねて心臓に疾患を抱えていた村野さんが、激しい性行為によって心筋梗塞の発作を起こし、死に至った遺体を見たという可能性もありますね」

「私は村野さんの死亡を確認しただけで、村野さんが生前なにをしたか、確かめる役目ではありません。遺体には犯罪性は認められなかったのですから」

山岸の口調が言い訳がましくなった。

「遺体やパジャマやベッドには濡《ぬ》れた痕《あと》はありませんでしたか」

「濡れた痕？」

「入浴した形跡です。入浴中、あるいは入浴後間もなく発作を起こしたのであれば、遺体に入浴した気配が残っているとおもいますが」

「生前に情交していれば、情交前にシャワーぐらい使ったかもしれませんが、その気配は感じられませんでした」

「髪は濡れていませんでしたか」

「濡れていませんでした」

「もし入浴中に倒れたのであれば、佐山氏がパジャマを着せ、ベッドに運んだと考えられます。パジャマやベッドは濡れていなかったのですね」

「濡れていませんでした」

「失礼ですが、先生のご専門は婦人科と性病科で、心臓ではないのではありませんか」

「たとえ専門ではなくとも、心筋梗塞の症状ぐらいはわかりますよ」

「だったらなおさらのこと、心筋梗塞を誘発した原因を疑うべきではありませんか。現場に到着したとき、すでに患者が死亡していれば、少なくとも死亡に至った原因について詳しく調べるべきではありませんか。また専門外であれば、監察医に委《ゆだ》ねるべきだとおもいますが」

「その時点では、その必要はないと判断したのです。村野さんは私の患者でもありましたし、以前から心臓の弱いことは承知しておりましたから」

「患者といっても、心臓の治療をされていたわけではないのでしょう」

「たとえ婦人科の患者でも、狭心症を持っていると聞きましたので、心電図をとり、万一の用心にニトロを差し上げておきました。ですから、心筋梗塞の発作を起こしてもべつに疑いは持ちませんでした」

「それで死亡診断書を書いたのですね」

山岸はうなずいた。

「死亡診断書はだれにやりましたか」

「佐山さんです。彼が葬儀万端取り仕切ると言っていましたので」

不自然な死に方をした死体は、監察医の書いた死体検案書がないと埋葬ができない。遺族が臨床医師に死亡診断書を書いてもらっても、その死因が外因性であれば、区役所の戸籍係はその診断書を有効とせず、埋火葬許可証を交付しない。

また病死であっても、医師が呼ばれたとき患者がすでに死亡しており、初診の場合、あるいは以前に診察したことがあっても、当時の疾患と死因との間に因果関係を求めにくい場合は、監察医が検案して死体検案書を書かなければならない。

初診の患者が診察時すでに死亡していた場合は、医師法によって所轄警察署に届け出ることが義務づけられている。

村野は山岸の初診患者ではなく、彼が死因と診察時の疾患との間に因果関係を認めれば、死亡診断書は有効となる。

だが外因、たとえば犯罪死や交通事故、中毒死、各種災害による死因でないことがほぼ確実であっても、死亡時の状況が異常であった場合は監察医に見せなければならない。

性行為による過激な運動が原因の性交死、いわゆる腹上死は異常な状況による死亡と言えよう。だが、それも医師が診察時異常とは認めなかったと言えば、それまでである。

山岸の書いた死亡診断書は監察医制度の網を際どく通り抜けているが、医者が駆けつけたときすでに患者が死亡していれば、警察に連絡するのが普通である。

「先生が村野さんを診察したときは、完全に死んでいましたか。それとも、虫の息だったのですか」

「完全に死亡していました。瞳孔《どうこう》は開き切っており、脈も完全に停止していました。それでも一応心臓マッサージを行なったのですが、無駄でしたね」

山岸は自分の処置に手落ちはなかったと主張するように言った。

「先生が診察したとき、村野さんの自宅に佐山氏がいたことを不審にはおもいませんでしたか」

「べつに不審にはおもいませんでした。電話をしてきたのも佐山さんでしたし、村野さんは、その、つまりプロの女性ですから、だれと一緒にいても不思議はありません」

「先生はどうして彼女がプロの女性であることを知っているのですか。彼女の口から聞いたのですか」

「いいえ、それは、まあ、診察していれば大体わかりますよ」

「先生が村野さんを診察したとき、佐山氏はうろたえていましたか、それとも落ち着いていましたか」

「特にうろたえているようには見えませんでした。まあ、普通でしたね」

「仮に自分の情事のパートナーが性交中急死したとすれば、相手はかなりうろたえるのが普通ではありませんか」

「まあ、そうでしょうね。場合によってはパートナーは逃げ出してしまうでしょう。だから、性交死ではなかったのではありませんか」

山岸は自分に都合のよいような解釈を下した。

山岸から事情を聴いて、意外な事実が判明した。

村野弘美はすでに死亡していた。死因に疑わしい点があっても、証拠は失われている。

帯広と棟居の報告は捜査本部に波紋を投じた。村野弘美の死因に犯罪性の有無は不明であるが、山岸医師の証言によって、彼女の臨終に佐山が居合わせた事実がわかった。

佐山は村野が死んだことを知っていながら、その事実を秘匿《ひとく》していた。佐山にとって村野の死因を糾明されることは都合が悪かったのである。

捜査会議では、第一の問題点として、なぜ村野の死体を夜逃げという形で移動したのか論議された。

「村野が自宅で死んでいるのが発見された場合、その場に彼女と一緒に居合わせた事実が露見しては都合の悪い人物がいたからではありませんか」

「もってまわった言い方だが、それは佐山のことかね」

山路が帯広に問うた。

「佐山が現場に居合わせたところで、大して不都合ではないでしょう。佐山は村野の自宅に山岸を呼んだだけです。村野のパートナーと確かめられたわけではありません」

「村野のパートナーが佐山ではないとすれば、湯川陽一かね」

「その可能性はかなり大きいと考えます。湯川と村野が性交中、村野が急死したとします。慌てふためいた湯川は、秘書の佐山に急を知らせて、救いを求めたのではないでしょうか。佐山が現場に駆けつけて来て、あとは自分に任せろと言って、とにかく湯川を逃がした後、山岸を呼んだ」

意外な人物の登場に議場がざわめいた。

たしかに国会議員がコールガールの自宅で性交中、パートナーが急死したとあっては、一大スキャンダルである。次の選挙で落選は必至となろう。その前に国会議員の品位を著しく傷つけたとして、懲罰の対象になるかもしれない。

「しかし、それなら村野の死体を現場から移す必要はあるまい。湯川さえ現場から逃がし、佐山が尻拭《しりぬぐ》いをすれば、村野の死体とその生活の痕跡を夜逃げという形で消してしまう必要はない。そんなことをすれば、かえって不審を招いてしまう」

「門井純子は関係ないでしょうか」

棟居が発言した。

一同の視線を集めた棟居は、

「もし湯川が門井純子に村野の生前、彼女と一緒にいる場面を見られていたとしたら、その場所で急死した村野の死因を、湯川と関係があると疑うかもしれない。門井純子の疑惑を逸《そ》らすために、村野の死体を移動したのではありませんか。村野がべつの場所で死んでいれば、純子は少なくとも湯川とは結びつけないでしょう。咄嗟《とっさ》に蒸発の理由におもい当たらなかったので、窮余の一策で夜逃げをさせたのではありませんか」

と言った。

棟居の意見提起によって、会議の出席者に、ようやく門井純子の死因と村野弘美の失踪の位置関係が見えてきたような気がした。

「なるほど。門井純子は妊娠して、犬を村野弘美に返そうとした。だが、そのときはすでに村野は失踪しており、犬を返すに返せない。そこで村野が失踪前に湯川と一緒にいた場面をおもいだし、湯川に事情を聞きに行った。だが、そのことが湯川にとって重大な脅威となった、ということになりますか」

那須班の草場《くさば》が発言した。一同のうなずく気配が伝わった。

「門井が犬を返そうとして、村野の行方を湯川に聞きに行くくらいであれば、やはり村野の死体が夜逃げしたように工作したのはまずかったのではないのか。夜逃げなどした形にせず、現場に死体を残して葬儀を挙げてしまえば、だれの不審も招かなかっただろう」

山路が言った。

「それは結果から言えることであって、村野が急死した時点では、湯川を隠すために窮余の策だったのではありませんか。湯川や佐山には、門井純子が妊娠して犬を返しに来るという予想はなかったはずですから」

帯広が言い返した。

「まず佐山勝行に任意同行を要請しよう。その上で湯川陽一の任同を決める」

那須が言った。

議場の雰囲気は緊張した。ついに湯川の足許《あしもと》まで迫ったのである。

2

捜査本部から任意同行の要請を受けた佐山勝行は、あらかじめ予期していたように冷静に応じた。

捜査本部に連行された佐山に応対したのは、那須である。これを帯広と棟居が補佐した。

「ご多忙のところをお呼び立てして申し訳ありませんな。湯川先生にお尋ねする前に、まずあなたから事情をお聴きするのが順序とおもいましてね」

那須は低姿勢ながら、本命の的は湯川陽一にあることをにおわせながら口火を切った。

「ご用件はおおかた推測しております。村野弘美の行方についてではありませんか」

佐山は悪びれずに言った。

「そのようにおっしゃっていただけると、話が早い。前回、捜査員がお尋ねしたときは、村野さんにご記憶がないとおっしゃっていましたね。村野さんとのツーショットの写真も、いつ、どんな機会に撮影したのかおぼえていないということでした」

「その点については嘘《うそ》を申し上げて、申し訳ありませんでした。先生に迷惑をかけるといけないので、女性との関係はなるべく秘匿したかったのです」

佐山はぬけぬけと言った。

「女性との関係だけではありませんよ。あなたは村野さんが死亡した場所に居合わせました」

「たまたま彼女の自宅に行ったとき、彼女が心筋梗塞の発作を起こして死にかけたのです。びっくりして、山岸先生に連絡しました。しかし、先生が駆けつけて来たときは、彼女はすでに死んでいました。山岸先生を手伝って必死に心臓マッサージをしたのですが、ついに蘇生《そせい》しませんでした」

「そのことは山岸医師から聴きました。しかし、村野さんが死亡後、どうして彼女の遺体を移動し、その住居を夜逃げという形で引き払ったのですか」

「立場上、彼女との関係を知られたくなかったのです。彼女の死亡時に一緒にいたことがわかれば、先生にどんな迷惑をかけるかわかりません」

「だったら、あなたは現場から立ち去るだけでよかったでしょう。わざわざ村野さんの遺体を移し、住居まで引き払う必要はない」

「実は当夜、村野さんの自宅にいるとき、門井純子さんが突然訪ねて来たのです。門井さんに村野さんと一緒にいる場面を見られてしまいました」

「門井さんはどんな用事で村野さんを訪ねて来たのですか」

「なんでも、村野さんからもらった犬を返したいと言っていました。村野さんがその件については後日、話し合いましょうと言ったので、門井さんは帰って行きましたが、そのとき部屋の中にいた私の顔を門井さんに見られてしまったのです。その直後に村野さんが死ねば、当然私との関係が疑われます」

「それにしても、夜逃げに見せかけた死体の移動とは、おもいきったことをしましたね。つまり、あなたは門井さんと以前から顔見知りだったということになる」

那須が窪《くぼ》んだ眼窩《がんか》の底からじろりと睨《にら》んだ。

「知っていました。ブーケで何度か出会ったことがあります」

「ブーケには湯川先生もいらっしゃっていますね」

「はい」

佐山は仕方なさそうにうなずいた。

「すると、湯川先生も門井さんと顔見知りだったということになりますね」

那須の口調が粘着力を帯びてきた。

「そうですね」

「門井さんは湯川先生の席についたことがありますか」

「あるとおもいます」

「あったのでしょう」

「ありました」

「すると、仮に村野さんが亡くなったとき、湯川先生が彼女の自宅に居合わせたとすれば、門井さんと鉢合わせをしたことになりますね」

「湯川先生は村野さんの部屋には行っていません」

「仮にと申し上げました。もし湯川先生が村野さんの死亡時に一緒にいて、その死因に関わりがあったとしたら、湯川先生の政治生命にも関わるのではありませんか」

「湯川先生には関係ありません」

平然としていた佐山の口調が少し強くなった。

「そして、村野さんの遺体はどうしたのですか」

「彼女の本籍地にはすでにご両親はなく、一人健在の長兄に連絡したところ、すでに他人同様になっているので、葬儀等すべて任せると言われましたので、私が取り仕切って、落合の火葬場で荼毘《だび》に付し、遺骨と遺品は郷里の長兄に送り届けました。彼女の居宅の方はそれとなく調べましたところ、敷金によってカバーできることがわかりましたので、遺体をとりあえず私の家に運んでから、私の知り合いの運送屋に頼んで、次の夜、遺品はすべて私の家に運び、大型の家具等は処分し、現金や預金通帳、貴金属、衣類等は長兄に送ったのです」

佐山の供述には一応隙《すき》がない。

「その運送店の名前と住所をおしえてください」

「町田市の坂田運送です」

佐山はしぶしぶ答えた。

「あなたがたまたま村野さんの自宅に行き合わせたとき、村野さんが心筋梗塞の発作を起こしたということですが、発作の誘因について、なにか心当たりはありませんか」

「門井さんが帰った後、村野さんは入浴しました。ところが入浴中、しばらくしてもバスルームの方から気配が聞こえてこないので声をかけましたが、返事がないので中を覗いてみると、彼女がバスルームの床に倒れていました。びっくりして声をかけ、身体《からだ》を揺すったのですが、反応はありませんでした。そこで山岸先生に往診を頼んだのです」

「なぜそのとき、救急車を呼ばなかったのですか」

「救急車を呼べば、彼女との関係が露《あら》われてしまいます」

「村野さんの居宅から山岸クリニックまでは距離がありますが、山岸医師を呼んだのは、面識があったからですか」

「山岸先生は内科もできて事務所から比較的近いので、私も時どき山岸先生の診察を受けていました」

「あなたがバスルームに倒れている村野さんを発見したときは、虫の息ながらまだ生きていたのですね」

「生きていたとおもいます」

　もし死んでいれば、山岸を呼んでも意味がない。警察に連絡すべきところを山岸を呼んだとなると、死因に犯罪性を疑われる虞《おそれ》がある。微妙なところであった。

那須が帯広に目配せした。バトンタッチの合図である。

「あなたが浴室の床に倒れていた村野さんを発見したときは、まだ生きていたのですね」

帯広は反復した。

「とおもいます」

「おもうのではなく、生きていたのかどうかお尋ねしているのです」

「虫の息がありました。ですから山岸先生に往診を要請したのです」

「すると、もしそのとき救急車を呼んでいたら、村野さんは助かったかもしれませんね」

「そ、それは……」

澱《よど》みなく答えていた佐山が、一瞬返す言葉に詰まった。

「救急車の派遣を遅滞なく要請していれば、あるいは村野さんは助かったかもしれない。ということになれば、助かる可能性があるのにもかかわらず救急車を呼ばず、遠く離れている専門外の山岸医師を呼んで、みすみす村野さんを死に至らしめたあなたの責任は重大です」

「ぼ、ぼくは……」

「もしあなたが救急車を呼ばなければ死ぬかもしれないと認識しながら、死ぬなら死んで仕方がないと考えていたら、未必《みひつ》の故意による殺人罪が成立する可能性があります」

「おれは、そんなことは考えていなかった。変に勘繰らないでもらいたい」

佐山の言葉遣いが崩れた。

「山岸医師の証言によれば、村野さんはパジャマを着てベッドの中に横たわっていたという。すると、浴室に倒れていた村野さんにあなたがパジャマを着せ、ベッドに運んだことになる。しかし、山岸医師は村野さんの遺体やパジャマやベッドが濡れていたとは言っていない。濡れていれば、山岸医師は必ず気がついたはずです」

「そ、それは、私が拭《ふ》いてやったからだ」

「ほう。すると、あなたは心筋梗塞の発作で虫の息になっている彼女を、救急車も呼ばず、まずタオルで身体を拭き、パジャマを着せ、ベッドへ運んだと言うのですか」

帯広は追及した。

「そうしてはいけないという法でもあるのか。全裸の彼女を人目に晒《さら》したくなかったからだ」

「人目に晒したくなかったので、濡れている村野さんの身体をタオルで拭き、パジャマを着せた……ずいぶん冷静ですな。しかし、タオルで拭いたにしても、入浴中倒れたのであれば、山岸医師に見分けられたはずです。山岸医師は村野さんが入浴中倒れたという様子はなかったと言っていますが」

「山岸先生が駆けつけて来たときは、彼女が倒れてからだいぶ時間が経過していた。入浴した形跡は消えていたとおもう」

「村野さんが倒れてから山岸さんが駆けつけるまで、どのくらい時間がかかりましたか」

「三十分か、あるいは四十分ぐらいかかったかもしれない」

「そんなに時間のかかるところから、あなたは死に瀕《ひん》している村野さんに専門外の医者を呼んだことになりますね」

「山岸先生に連絡したときは、そんなに時間がかかるとはおもっていなかった」

「我々は入浴中の発作ではなく、性交中の急死ではないかと疑っています。そのためにパートナーが狼狽《ろうばい》して、当然警察か一一九番に通報すべきところを、山岸医師を呼んだ。そして性交急死の相手があなたではなく、社会的地位のあるＶＩＰであったとすれば、彼女の遺体を移動し、住居を引き払ったわけもうなずけます」

「そんなことはあんたの憶測にすぎない。デッチ上げはやめてもらいたいね」

「あなたが村野さんのパートナーであれば、彼女の死因が入浴中の発作であろうと、性交急死であろうと、大してちがいはないでしょう。なぜそれほど入浴中の発作にこだわるのですか」

「そ、それは、やはり腹上死というのは、なんとなくスキャンダラスで、イメージが悪いからだ」

「村野さんの生前最後の訪問者である門井純子さんも、その後しばらくして曖昧《あいまい》な死因で死亡しています。門井さんの死因と村野さんの死亡の間には、なにか関連性があるのではないかと疑われています」

「門井さんとはなんの関係もない。村野さんの死亡時にたまたま行き合わせたが、門井さんが死んだことについてはなにも知らない」

佐山は言い張った。

佐山の供述には疑わしい点は多々あっても、彼を仕留めるべき重大な物証・死体が失われている。佐山の供述から犯罪性を引き出すのは難しかった。

捜査本部は湯川の足許まで迫りながら、決定的な武器を欠いていた。

だが、捜査は意外な展開を示した。佐山の供述に基づいて、村野の本籍地のある佐賀市在住の実兄に問い合わせたところ、実兄は遺骨は確かに送り届けられてきたが、佐山の言う預金通帳、現金、貴金属類を含む遺品はすべて葬儀費用に充《あ》てたということで、なにも受け取っていないと答えた。

葬儀費用といっても、火葬場で荼毘に付しただけで、大して費用はかかっていない。

村野のアパートの大家の言によると、彼女の生前の暮らし振りはかなり余裕があったということである。

もし佐山が村野の遺品を遺族に引き渡さず取り込んでいれば、横領もしくは窃盗罪《せっとうざい》が成立する。捜査本部は村野の長兄、大家、運送店などの証言を総合して、佐山の居宅の捜索令状を請求した。

目黒区中目黒のマンション内にある佐山の居宅を捜索したところ、時価一千万円と推定される貴金属類や毛皮のコート、ブランド品のバッグなどが発見された。

遺品が綿密に検索された。メモ、写真、古い郵便物、本など、本人の生活史を記録した資料は、すべて佐山が廃棄していたが、貴金属類と共に興味あるものが発見された。

ここに捜査本部は、住居侵入、横領、窃盗容疑で逮捕状を取り、佐山の身柄を確保して、改めて峻烈《しゅんれつ》に取り調べた。

佐山は、

「いずれ換金して遺族に送るつもりだった」

と抗弁したが、さらに佐山の契約した銀行ロッカーの中から、残高三千万円の預金通帳と、村野弘美の印鑑が発見されるに及んで、弁明に窮した。

事件をマスコミが嗅《か》ぎつけて報道した。代議士秘書が関わっている不倫相手の女性のスキャンダラスな死は、週刊誌の好個の素材であった。

村野弘美の死因は腹上死と確定したわけではなかったが、いずれも煽情《せんじよう》的な筆致で記事を書いていた。

ある週刊誌は村野の実兄に取材して、佐山の横領振りを書き立て、色と欲の一挙両得とはやし立てた。

この報道に愕然《がくぜん》として顔色を失ったのは、湯川陽一である。まだ湯川を明白に名指しはしていないが、その報道姿勢と記事の筆調から、性交急死のパートナーとして湯川を疑っていることが感じ取れた。

仰天した湯川は、防戦に躍起となって、

「私の秘書がいかがわしい性的交渉の間、パートナーの女性が死亡した事件が週刊誌等で報道されていますが、秘書の雇い主として、まことに遺憾におもいます。清く正しく身を律し、率先垂範すべき国民の選良の秘書たる自覚に欠けており、深く慙愧《ざんき》の念に堪えません。このような秘書を雇ったことは、私の不明のいたすところであり、今後このような不祥事の二度とないよう、事務所一同、心を引き締め、世間をお騒がせいたしましたことを深くお詫《わ》び申し上げます」

という陳謝文を発表した。

文意はひたすら秘書の起こした不祥事を国民に陳謝しているが、湯川本人には関わりないことを巧妙にアピールしている。

陳謝文の真意は、湯川本人は清く正しく身を律しているが、この度の不祥事は秘書が勝手にやったことで、自分には一切責任はないということである。

「あんた、一身に代えて先生《おやじ》さんを擁護しているが、おやじさんはあんたがおもうほど、あんたのことをおもっていないようだね」

再三、佐山と対決した帯広は、言った。

「それはどういう意味だね」

佐山は問うた。

「まあ、これを読んでみな」

帯広は逮捕後、情報から遮断されている佐山の前に、湯川陽一がマスコミ各社に発表した陳謝文を示した。

それに目を向けた佐山の顔色が変わってきた。

「あんたが必死におやじさんを庇《かば》っても、おやじさんはあんた一人に罪を着せて、トカゲの尻尾《しっぽ》として切り離したんだよ。いずれはおやじさんから地盤を譲ってもらって、政界に野心を燃やしていたらしいが、これであんたも終わりだね」

棟居がかたわらから嘲笑《ちょうしょう》した。

「ちくしょう」

佐山がうめいた。

「いまなんと言った？」

「トカゲの尻尾にされてたまるものか。だれのおかげで窮地を逃れたとおもっているんだ」

「どうだい、やっと本当のことを話す気になったかな」

帯広と棟居が佐山の顔を覗き込んだ。

「お見通しの通り、村野弘美のパートナーは湯川だよ。弘美を湯川に取り持ってやったのも、おれだ。湯川は弘美が気に入ったらしく、暇があると弘美を呼んでいた。弘美の家に行くことはあまりないが、あの夜は弘美の体調が悪いとかで、外へ出たがらなかったので、湯川が弘美の家へ行った。きっと体調の悪い弘美に無理押しをしたんだろう。

事を始めてから間もなく、弘美の様子がおかしくなって、湯川はおれに救いを求めてきた。おれが駆けつけたときは、すでに弘美は死んでいた。湯川は茫然《ぼうぜん》としていて、おれの言いなりだった。とにかく湯川をその場から逃がさなければならない。おれはまず湯川を現場から連れ出した後、山岸を呼んだ。

山岸はスタッグの杉野から紹介され、湯川が海外で遊んで来た後など、検診をしてもらっていた。山岸には日ごろから充分つけ届けをしていたので、彼は弘美の死体にうすうす事情を察したらしいが、死亡診断書を書いてくれた。

弘美の死体を移したのは、湯川が弘美と一緒にいる場面を、突然訪ねて来た門井純子に見られたからだ。湯川がそのことをおもいだしたので、弘美の死体をその場に残せなくなった。弘美の遺品を横領するつもりはなかった。遺品の中に湯川との関係を示すものがないか、充分に調べた後で遺族に返すつもりでいた。預金通帳を保管していたのは、湯川からの定期的な手当てが銀行口座に振り込まれていたので、入金ルートから湯川との関わりが露見するのを防ぐために、少し時間をおいてから預金をすべて引き出し、遺族に送金するつもりでいた。

門井純子の死については、まったく与《あずか》り知らない。ブーケで門井純子には何度か会っているが、湯川も純子にはあまり興味を示さなかった。湯川のブーケでのお目当ては直美《なおみ》という女性だった。彼女はまだブーケに勤めている。直美に聞いてもらえばわかる」

と佐山は自供した。

彼の自供に基づいて、捜査本部は湯川の任意出頭を検討した。国会の会期中、国会議員は不逮捕特権がある。現在、会期中である。

佐山の自供が事実であれば、湯川の行為は道義的には咎《とが》められても、犯罪にはならない。

だが、国会議員たるものがコールガールと定期的な関係を結び、性交中、彼女を急死させたとあっては弁明のしようがない。

ましてや、彼女が心臓疾患をかかえていることを承知しながら、相手の体調の悪いのを斟酌《しんしゃく》せずに行為を強要して、相手を死に至らしめたとなれば、過失致死、最悪の場合は未必の故意による殺人の疑いも生ずる余地がある。

佐山の自供によれば、本命事件の門井純子の死には関わりなさそうであるが、まだ佐山はなにか隠しているかもしれない。

捜査本部は湯川の身分を考慮して、慎重に検討した。その結果、佐山の自供には充分信《しん》憑性《ぴょうせい》が認められると判断して、湯川に対する任意出頭の要請を決定した。

帯広は湯川陽一の任意出頭要請を前にして、久し振りにコロポックルに立ち寄った。このところ、捜査の進展に合わせてコロポックルへ寄る暇もなかった。

常連の集まりそうな時間帯を狙って行くと、菊川、三谷、地引、稲葉の四人が顔を揃《そろ》えていた。

「これは帯広さん、久し振りだね」

「このところとんとご無沙汰《ぶさた》で、寂しかったですよ」

「帯広さんが姿を見せないのは、捜査が進んでいる証拠だと解釈していました」

「彼女の死因はわかりましたか」

四人が帯広を囲むようにして集まった。店長の北出が特製のコーヒーを淹《い》れてくれた。

「ああ、うまいなあ。ここのコーヒーを飲むと寿命が延びる」

「だったら、早く事件を解決して、寿命を延ばしに帰って来てくださいよ」

三谷が言ったので、みんながどっと沸き立った。

「そう言えば、尾花姐さんがこの間、久し振りに顔を見せて、帯広さんに話したいことがあると言っていたな」

地引がおもいだしたように言った。

「尾花さんが私に話があるだって?」

「ちょっと面白いことがわかったので、帯広さんの耳に入れたいと言っていたよ」

「尾花さんにもしばらく会っていないな。たまには彼女の店に顔を出してみようかな」

「いや、店では話しにくいことだと言っていたよ」

帯広が興味を持ちそうな話で、店では話しにくいことと言えば、門井純子に関する情報にちがいない。

「帯広さんが来たら、この電話番号に連絡するように伝えてくれと言っていたよ」

地引が電話番号を書いたメモを渡してくれた。

帯広はその場からメモに書かれた番号に連絡してみたが、留守番電話のテープが無表情なメッセージを伝えてきた。

帯広は捜査本部と携帯電話の番号を留守番電話のメッセージに残した。

湯川陽一と対決する前に、尾花藤江に会っておきたい。彼女の情報は湯川の攻略に役立つかもしれない。

佐山の自供によって、村野弘美の性交急死のパートナーが湯川と判明したが、その事実だけでは本命事件の解決にはなんの貢献もしない。むしろ佐山自身が自供の中で主張しているように、門井純子と湯川は無関係となってしまう。

3

捜査本部から任意出頭を要請された湯川陽一は、強い衝撃を受けた模様である。だが、捜査本部からの要請を正当な理由もなく拒むわけにはいかない。湯川はしぶしぶ出頭して来た。

応対したのは那須である。帯広と棟居が補佐した。

「わざわざ先生にご足労いただいて、申し訳ありません」

湯川を那須はあくまで低姿勢に迎えた。

「この度は秘書の不祥事でご迷惑をおかけしております。秘書のしでかしたことは、ひとえに私の監督不行き届きであり、不徳のいたすところです。私にできることはなんでもご協力いたしますよ」

湯川は心中のショックを隠して、大物らしく余裕を見せて言った。

「実は私どもが捜査を担当している事件につきまして、先生のご意見をうかがいたいことがございまして、ご足労いただいた次第です」

「私でお役に立つことがあればいいのですがね、ひとえに私の不徳のいたすところではありますが、なにぶん私の目から隠れてやったことですので、申し上げるような意見はないかもしれません」

湯川は、自分は関知しないことをほのめかして予防線を張った。

「実は、佐山勝行が意外な供述をしましてね」

「意外な供述？」

ゆったりと振る舞っていた湯川の面に、薄い不安の色が塗られた。

「週刊誌等で報道されていますのでご存じとおもいますが、村野弘美さんが死亡した当時、一緒にいたのは佐山ではなく、先生だと言うのです」

「な、なんだって⁉」

湯川の大物ぶった仮面が取れて、愕然とした素顔が覗いた。

「佐山によると、先生と村野さんがベッドを共にしている間に、村野さんが心臓発作を起こして亡くなったと言っておりますが。つまり、村野さんのパートナーは佐山ではなく、先生だと言うのです」

「ば、ばかな。佐山が追いつめられて、そんなでたらめを言っているんだ」

湯川の虚勢が崩落した。

「佐山の言葉には具体性があり、あながちでたらめを言っているとはおもえませんが」

「でたらめに決まっている。大体、私がコールガールと寝るなどとは言いがかりも甚だしい。名誉毀損《きそん》だ」

「ほう、どうして村野さんがコールガールと知っているのですか」

那須に切り返されて、湯川ははっとした。

「そ、それは……そのように報道されていたからだ」

「報道にはすべて目を通しておりますが、コールガールという報道はありませんよ」

「たとえはっきりと報道されていなくとも、そのくらいの推測はつく」

「佐山の供述では、彼が先生から連絡を受けて村野さんの家に駆けつけたときは、すでに彼女は死亡していたということですが」

「佐山の言うことなど信用できない。あいつは苦しまぎれにでたらめを言っているのだ」

「村野さんの預金通帳を佐山が保管しておりましてね、我々は彼が横領したとみていますが、彼女の預金口座に月一度の割合で五十万円前後の金額が振り込まれています。その振り込み経路を調べたところ、振込み人は架空の名義人でしたが、それを手繰《たぐ》っていくと、支払い人は先生の事務所であることがわかりましたが」

「そ、それは、佐山が勝手に私の金を振り込んだんだろう」

「毎月五十万円、約二年間も村野さんの銀行口座に定期的に現金を払い込んでいながら、先生はご存じなかったと……」

「私の監督不行き届きだった。佐山には事務所の会計も任せてあった」

「佐山が保管していた村野さんの遺品の中には、こんなものがありました」

那須が目配せした。

帯広は一個の微小な物体を指先につまみ上げて、湯川の前に差し出した。湯川が訝《いぶか》しげな目を向けた。それは歯と歯の間にはめ込む、一本の歯に四本のバネがついた取り外し可能の局部義歯であった。

「村野さんはこんな義歯を使っていません。また、佐山も義歯は用いていません。村野さんはこの義歯をフィルムケースの中に大切に保管していました。きっと村野さんの家を訪問しただれかが、置き忘れて行ったものだとおもいます。彼女もそれを持ち主に返すつもりで、保管したまま忘れてしまったのでしょう。

念のために先生のかかりつけの歯科医師に問い合わせたところ、先生の義歯であることが確かめられました。つまり、先生は村野さんの家に義歯を置き忘れるような関係であったということになります。よほど緊密な間柄でなければ、他人の義歯などは保管していません。先生と村野弘美さんとのご関係をご説明いただきたいですな」

那須が一気に迫った。湯川は顔面蒼白《そうはく》になって、咄嗟に返す言葉を失った。

湯川陽一は村野弘美との関係を白状した。おおかた佐山の自供を裏づけるものであったが、門井純子との関係は頑強に否認した。

「門井純子はブーケで何度か席についただけで、なんの関係もない。彼女が自殺をしたということもブーケのママから聞いて、初めて知ったくらいだ。弘美の家の近くに門井純子が住んでいるということすら、知らなかった。弘美が発作を起こす少し前に、純子が犬を連れて突然訪ねて来て、初めて彼女が近くに住んでいることを知った」

湯川の供述は佐山の自供を裏づけるもので、湯川自身の行為に犯罪性を見つけるのは難しい。

しいて言うならば、情交中急死したパートナーを遺棄した罪に当たるが、湯川は弘美の死亡を確認していないと主張しており、彼女の手当てを佐山に委任した形である。

また弘美の死体を移動するように佐山に指示を下しておらず、弘美の遺品を横領する意志はなかった。

村野弘美との関係、および彼女の急死が湯川との情事による過激な運動を誘因としているとしても、そのこと自体には犯罪性はない。仮にあったとしても、いまとなっては証明不可能である。

湯川と門井純子との直接的な関係は浮かび上がっていない。

捜査本部では、湯川の供述になお一抹の疑いを残していたが、村野の死体を移動し、住居を引き払った後、門井純子を殺す理由はないという意見が大勢であった。

たとえ弘美の死亡前に湯川が彼女と一緒にいる場面を純子に見られたとしても、死体を移動してしまえば、弘美の死因と湯川は切り離されてしまう。つまり、純子の存在は湯川にとって脅威とはならず、純子を殺す動機を失ってしまう。

ようやく湯川を焙《あぶ》り出し、追いつめたところが、本命の事件とは無関係の様相を濃くしてきた。捜査本部の挫折感《ざせつかん》は救い難い。

佐山と湯川がシロとなれば、捜査は振り出しに戻る。捜査本部には自殺説がふたたび台頭してきた。

「あれが自殺であってたまるものか」

帯広は歯ぎしりした。

彼には純子の無念の声が聞こえる。体内に宿った幼い生命のために、愛する犬を捨て、育児書を買い整えて出産に備えていた。そんな彼女が絶対に自殺をするはずがない。純子の無念の声と共に、彼女の背後で笑っている犯人の高笑いが、帯広の耳に響く。

「悔《くや》しいですね」

同じおもいを、棟居が奥歯を噛《か》みしめるように言った。湯川を本命と睨んで追いつめて来ただけに、挫折感が大きい。

「いまになって、私は門井純子がどんなおもいで犬を捨てたかと、切実に考えるようになりましたよ」

「可愛がっていた犬を捨てるというのは、尋常な決心ではありませんね」

「ペットは飼い主にとって家族同然です。家族そのものと言ってもよい。その家族の一員を犠牲にしてまで、赤ちゃんを産もうとしていたのです。もしかすると彼女は、私がコロの新しい飼い主になったことを知っていたかもしれません。彼女がコロを捨ててから死ぬまでに、約二週間のタイムギャップがありますからね」

「知っていたとすれば、彼女、オビさんに感謝していたでしょうね」

「赤ん坊が成長して、トキソプラズマの感染の虞《おそれ》がなくなったころ、コロを引き取りに来る気でいたかもしれません」

「彼女にしてみれば、自分自身と胎児とコロの二人と一匹、いや三人を同時に喪失したことになります」

「犯人にはそんな意識はないでしょう。それだけに犯人が憎い」

帯広は巧妙に仕組んだ完全犯罪の陰に隠れて、気配も覗かせていない犯人を追うように宙を睨んだ。

棟居には帯広が門井純子に対して負った債務については話していない。棟居も凶悪な犯罪によって家族を失っている。棟居が背負った悲嘆と怒りに比べれば、帯広の人生の債務は軽いものであろう。

だが、その債務を支払わない限り、帯広は自由になれない。自由になることを拒否している。刑事としての決算をせずに、刑事を定年退職すれば、その後の余生を後悔しつづけるであろう。とにかくやれるだけやってみたい。

「佐山や湯川は的外れでしたが、我々が進んで来た方角はそれほどまちがってはいないとおもうのですよ」

帯広が言った。

「つまり、湯川や佐山の周辺に犯人がいるということですか」

棟居が問うた。

「身近とは限りませんが、村野弘美も門井純子（未確認）も高級コールガールでした。いまとなっては二人から確かめられなくなりましたが、弘美から純子にコロが嫁入りしたのは、それ以前に二人の間になにかつながりがあったのではないかと考えられます。

佐山と湯川に問いただしたところ、春の火鉢は安全なコールガールを意味する隠語だそうですが、彼女らを取り仕切るエージェントについては知らないということでした。いまさら湯川や佐山がエージェントを秘匿しなければならない必然性はありません。

弘美を湯川に取り持った佐山は、スタッグで彼女を見かけて声をかけたということです。スタッグの杉野はべつに弘美を佐山に斡旋《あっせん》していません。杉野は叩けば埃《ほこり》が出そうですが、いまのところ尻尾をつかませない。

純子と弘美の間にコロを嫁入りさせる下敷きがあったとすれば、その下敷きに犯人が潜んでいるかもしれません。犯人を追跡する方角としては、我々はまちがってはいないような気がしてならないのです」

湯川陽一は捜査本部からは無罪放免されたが、マスコミの袋叩きに遭った。

いやしくも国会議員たる者がコールガールと情事中、心臓発作を起こして死亡した、あるいは死にかけた彼女を秘書に任せて逃げ出したとあっては、たとえ立件を免れたとしても、救い難いスキャンダルである。

しかも彼女を死に至らしめた引き金を自ら引きながら、罪をすべて秘書になすりつけ、声明文までも発表した。

憲法（五十八条）は「院内の秩序を乱した議員を懲罰することができる」と、内部制裁権を認めているが、湯川のセックススキャンダルは院外の事件である。

そのために議員の懲罰委員会にかけられることはないが、すでに世論の懲罰にかけられていた。もはや湯川陽一の政治生命は終わったも同然であった。

売り出された疑惑

1

帯広はようやく尾花藤江に連絡がついて、久し振りにコロポックルで彼女と顔を合わせた。

「お久し振りね。このごろ帯広さんがあまり顔を見せなくなったので、みんなが寂しがっているわよ」

藤江は言った。彼女は以前よりも艶冶《えんや》になったようである。やはり現役で働いているせいであろう。

「そういう藤江さんもご無沙汰《ぶさた》がちになったんじゃないのかな」

「帯広さんよりは出勤率がいいわよ。ねえ、皆さん」

彼女は常連たちの同意を求めた。

「似たようなもんじゃないかね」

菊川が言った。

「この裏切り者め」

藤江が菊川を流し目で睨《にら》んだ。

「裏切り者はないだろう。おれは藤江さんに買収されたおぼえはないぜ」

「あら、先日、コーヒー代、私が出したんじゃなかったかしら」

「だれかとまちがえているんじゃないのか」

「まあまあ、久し振りに顔を揃《そろ》えたのに、内輪もめをすることはないよ」

地引が割って入った。そんな様子を三谷と弘中と稲葉が楽しげに見守っている。弘中も久し振りに日焼けした精悍《せいかん》な顔を見せている。

「ところで、私の耳に入れたいことがあるそうだが」

帯広は水を向けた。

「そのことでちょっと面白い情報が入ったのよ。ママはもともと身体《からだ》が弱かったんだけれど、このごろ体力と年齢の限界を感じたらしく、ブーケを売りに出したの」

「えっ、ブーケをやめるのかい」

「いいえ、店も従業員も居抜きのまま売ることになったのよ」

「すると、藤江さんはいままで通り、ブーケに勤めることになるのかね」

「経営者が代わるだけで、中身は変わらないわ。あのママ、とてもよかっただけに、私も残念だわ。経営も順調なのに、もしかすると癌《がん》でも宣告されたんじゃないかしら」

「まさか」

「でも最近、病院で健康チェックを受けてから、急にやる気を失ってしまったの。あのやり手のママがまるで人が変わったように元気がなくなっちゃったの。心配だわ」

「そのことを私の耳に入れたかったのかね」

「今度のブーケの新しい経営者はだれだとおもう」

藤江は謎をかけるように帯広の顔色を探った。

「さあ……ぼくの知っている人かね」

「そうよ。杉野よ……スタッグの」

「スタッグの杉野だって!?」

「ほら、驚いたでしょう。以前、マノンの店長をしていてスタッグを始めた杉野が、ブーケを買い取ったのよ」

スタッグはせいぜい十数坪の小さな店である。ブーケは面積だけでもスタッグの数倍はある。従業員もバーテンダー、ボーイ、ホステス、総計して約五十人。常時出勤して来る者だけでも二十数人はいる。杉野にとっては大飛躍と言える。

「あの店長、やり手だわよ。それにしても、半端な金じゃないわよ。きっとマノンの時代からせっせとお金を貯《た》めたのね」

「バックにスポンサーがいるということはないかな」

菊川が口を出した。

「男にもスポンサーがつくのかね」

地引が言った。

「やり手だと言うじゃないか。彼の商才を見込んで金を出そうという者がいてもおかしくない。それにスポンサーは男と決まったわけじゃない」

菊川が言った。

「タニマチは相撲取りだけとは限らないな」

三谷が昔をおもいだしたような顔をした。

「それでね、ママは店を売りに出すに際して、私を新しいママとして杉野に推薦したのよ」

「さすがはブーケのママだけある。見る目が高い」

菊川が言った。

「尾花姐さんなら、ブーケを充分取り仕切れるよ」

三谷が追従《ついしょう》した。

「私もやってみようかなとおもっているのよ。雇われママだけど、ホステスよりはやり甲斐《がい》があるわ」

「しかし、そうなると、コロポックルの常連として簡単に顔を拝めなくなるな」

地引が寂しそうな顔をした。

「なに言ってんのよ。コロポックルの仲間はべつよ。気軽に立ち寄ってちょうだい」

「しかし、水割り一杯ン万円の高級クラブに、我々は気軽には立ち寄れないよ」

弘中が初めて口を開いた。

彼は以前、国際的なクライマーであったそうだが、いまは山をふっつりとやめて、高所清掃作業員をしている。時折、遠方を見るような目をするのは、かつて登った世界の山をおもいだしているようである。

「みんなからはお金は取らないわよ」

「ママからそんなことをしていては、これからの経営がおもいやられるよ」

地引が戒《いまし》めるように言った。

「大丈夫。いただける方からはがっちりともらいますから」

「さすがは尾花姐さんだ。我々からは絞ってもなにも出ないと睨《にら》んでいる」

菊川が言ったので、みんながどっと笑った。

2

尾花藤江が届けてくれた情報は、帯広の意識に引っかかった。

杉野がブーケを買い取るという。スタッグの十倍以上の規模のある繁盛している高級クラブを、居抜きで買い取るとなれば、たしかに半端な金ではないだろう。スタッグを売ったところで、たかが知れている。

藤江は杉野がマノンのころから金を貯めていたと推測していたが、生活を切りつめて貯めたところで、限界がある。

杉野は一体その金をどこから手当てしたのか。帯広は思案を凝《こ》らした。

帯広は藤江の情報を棟居に伝えた。

「杉野がブーケを買うのですか。それは凄《すご》いですね」

棟居も興味を示した。

「杉野はマノン時代、門井純子と接触があるはずです。だが、杉野はとぼけている。純子を知っていながら知らないととぼけているのは、純子との間につながりがあったことがわかっては、なにか不都合な事情があるのでしょう。その事情が純子の死因に関わっていないか。つまりはブーケを買う金につながっていないか」

「オビさん、門井純子の死因と杉野のブーケ購入資金との間に関連があると疑っているのですか」

棟居が帯広の胸の内を読んだ。

「いささか短絡の虞《おそれ》がないではありませんが、その推論を阻むネックもありません」

「たしかに杉野が門井純子を知らないと言ったのは不自然です。六本木のワンマンスナックの店長が、新宿の最高級クラブを買い取るのは身分不相応だ。においますね」

二人の間には急速にあるおもわくが醸成されていた。

杉野は門井純子の死因に関わっている。その関与の報酬として、ブーケの購入資金を取得したのではないのか。

「しかし、我々のおもわくだけです。それを裏づける具体的な資料はなにもない。捜査本部《テント》を納得させられません」

帯広は唇を嚙《か》んだ。

「杉野の身辺を洗ってみませんか。あの野郎、叩けば必ず埃《ほこり》の出る身体《からだ》だ。杉野の近くに本命が隠れているかもしれませんよ」

棟居が帯広の表情を探るような目を向けた。

マノンにいた杉野が、春の火鉢のエージェントである。

杉野は否認して、たまたまスタッグに居合わせた奈美という女性から、村野弘美の失踪《しっそう》の謎が解明した。そのこと自体は本命事件の解決につながらず、捜査は振り出しに戻った。

だが、杉野が依然として捜査本部に残された有力な手がかりであることに変わりはない。

捜査が振り出しに戻ったとは言っても、カウンターがゼロになったわけではなかった。

確信を持っていた的が的ちがいとわかって、杉野の存在を眼中に置きながら、忘れたわけではないが、束《つか》の間《ま》見失っていたような気がする。

的はちがったが、捜査の方角としては誤っていないのだ。

「そうでした。杉野をもっとマークすべきだった」

帯広は自分に言い聞かせるように言った。

ブーケ譲渡の件で杉野がクローズアップされるまでもなく、彼はマークしつづけなければならない存在であった。

帯広は再度、菊川の協力を求める必要を感じた。彼は警察の捜査網とはべつの業界ネットに通じている。警察には引っかからない情報も、菊川のネットには触れるかもしれない。

現に杉野は菊川情報がもたらしたものである。

帯広が菊川に連絡を取ろうとした矢先、捜査本部に意外な訪問者があった。地引が自分のタクシーに弘中を乗せて、突然訪ねて来た。

「これはお珍しい。ご両所揃って、こんなむさくるしい場所にお運びいただくとは、恐縮だね」

帯広は驚いた。

「ちょうど通りかかったものですからね。帯広さんがいるかなとおもって、ちょっと覗《のぞ》いてみました」

弘中が言った。

「街を流していて、偶然拾ったお客さんが弘中さんだったので、びっくりしましたよ」

地引がかたわらから言った。

「刑事が捜査本部にごろごろしているようでは、犯人は捕まりません」

帯広は苦笑した。

中途半端な時間帯であったが、本部には数人の捜査員が屯《たむろ》していた。それは捜査の行き詰まりを示している。捜査が進展しているときは、全捜査員が聞き込みに出払い、留守は指揮官とわずかな電話番が守っている。地引と弘中は殺風景な室内を珍しげに見まわしていた。

「実は、帯広さんの耳に入れたいことをおもいだしましてね」

弘中が言った。

弘中の言葉に、彼らが偶然立ち寄ったのではないことがわかった。帯広は二人を署の応接コーナーに導いた。

「こんな殺風景な場所なので、コロポックルのコーヒーというわけにはいきませんが」

帯広は自動販売機から買って来た缶コーヒーを、二人の前に差し出した。それが彼にしてみれば精一杯の歓待である。

「どうぞおかまいなく」

と二人は言いながらも、早速缶コーヒーに手を出した。

「実はちょっと気になることを見ましたので、帯広さんの耳に入れようかどうか迷っていたところ、偶然、地引さんの車に乗り込んで、その話をしましたら、地引さんがぜひとも帯広さんに知らせた方がいいというので、まいりました」

缶コーヒーで喉《のど》を湿した後、弘中が切り出した。

「傍目八目《おかめはちもく》と言いますが、弘中さんはなにしろ高所の専門家ですからね、高目八目だ」

かたわらから地引が言った。

「嬉《うれ》しいですね。わざわざそのためにご両所が足を運んでくださったとは」

帯広はコロポックルでコーヒーを飲み合うだけの常連の好意が有り難かった。彼らは都会という砂漠のオアシスに集まって来た仲間だけにさりげないが、人情の温《ぬく》もりがある。

「実は門井純子さんが亡くなったと推測される少し前に、彼女をある場所で見かけたのです」

もしそれが事実であれば、重大な情報である。帯広は上体を乗り出した。

「ちらりと見かけただけで、彼女かどうか自信が持てなかったので迷っていたのですが、やっぱりあれは門井さんにちがいありません」

弘中が言った。

「いつ、どこで、門井さんを見かけたのですか」

帯広は促した。

「赤坂のロイヤルホテルです。二月二十日の午後二時ごろだったとおもいますが、私はゴンドラに乗って同ホテルの窓ガラスの清掃をしておりました。たしか二十階前後の、西に面した壁面の窓の一つを拭《ふ》いているとき、カーテンの隙間《すきま》からちらりと見かけた女性の顔が、門井純子さんだったようです。ホテルの窓を清掃するときは、あらかじめホテル側から各客室にその旨、通知書《ノーティス》を入れておくのですが、客は必ずしもノーティスを読むとは限らないので、窓越しに顔を赤らめるような光景に出くわすことがあります。たいていの部屋は清掃時にカーテンが引いてありますが、彼女を見かけた窓はカーテンに少し隙間がありましてね、室内が見えました」

「そのとき門井さんは一人でしたか、それともだれかと一緒でしたか」

「わかりません。ちょうど壁面をゴンドラで移動中のことだったので、ほんのちらりと見かけただけでしたから」

ロイヤルホテルは赤坂にある超高層ホテルである。弘中はホテルビルの総合管理会社の下請けであり、通称ガラス屋と呼ばれる高所窓の清掃作業員である。

弘中の話によると、ビルの外側から窓を拭くゴンドラという、屋上から二本のワイヤーによって吊り下げられた電動式作業台に乗って、同ホテルの西壁面を移動中に、二十階付近の窓の中に純子を見かけたという。

「私がもう一つ気にかかるのは、彼女の生前の最後の食事が中華料理と推測されると、なにかに報道されていましたが、ホテルなら当然、中華料理があるでしょうね」

弘中の言葉に、帯広ははっとした。解剖所見によって、食後二〜三時間と推定される中華料理の材料とみられる食物残渣《ざんさ》が胃内に証明されていた。

ホテルの窓の中に見かけたからといって、そのホテル内の中華料理を食したとは限らない。だが、生前見かけた場所に中華料理があるという符合は見過ごせない。

「それは大変重要な情報ですよ」

「お役に立ちますか」

「大いに。早速ロイヤルホテルに問い合わせてみましょう。当日、ホテルに彼女の記録があれば、同行者が判明するかもしれない」

帯広は静かな興奮が胸の内から盛り上がってくるのを感じた。

これまでの捜査では、彼女の前足（生前の足跡）がまったくわかっていない。自・他殺いずれにしても、生前の足跡は死に至る経路として重要である。

それがまったく切断されていることは、べつの場所で死んだ死体を、だれかが現場まで運んで来た可能性を推測させる。

「もう一つ」

弘中がおもいだしたようにつけ加えた。

「ロイヤルホテルの西面の壁から、門井純子さんが死んでいた町田市の山林の方角がよく見えましたよ」

弘中はふと遠い目をした。以前登った高い山を遠い方角に探しているような目である。

「弘中さん、もう山へは登らないのですか」

帯広はなにげなく問うた。

「山はやめました」

弘中は未練の糸を断つように言った。

「山の魅力に取り憑《つ》かれた山男は、生涯山から離れられないと聞いたことがありますが」

弘中が高所窓のガラス拭きをしていることも、彼の山への想いと無関係ではあるまい。

「私は……実は、山で人を殺したのです」

弘中がぽつりと言った。

「人を殺した……」

帯広は顔色を改めた。

「もう五年前になりますが、私はある社会人の山岳会に所属していて、同山岳会が派遣したヒマラヤ遠征隊に参加し、未踏峰頂上攻撃隊員に選ばれました。山仲間であると同時に、無二の親友のザイルパートナーと二人で頂上に到達しましたが、下山途中天候が悪化して、体力を使い果たしたパートナーは動けなくなりました。私はパートナーに付き添って露営を覚悟しましたが、パートナーは二人一緒に露営すれば、二人とも助からない。体力の残っているおまえだけでもキャンプに下りて救援隊を呼べと言いました。

私は彼の言葉に従って一人で下山しました。救援隊を引き連れて現場へ戻って来たときは、彼はすでに死んでいました。結局、私はパートナーが死ぬことを予測しながら、風雪の荒れ狂う高所に彼を置き去りにしたのです。それ以後、私は山をやめました」

弘中は犯行を自供する犯人のような表情をして語った。

「自分をそんなに責めることはありません。あなたがパートナーに付き添って露営をすれば、二人とも確実に死んで、生還率はゼロになる。あなただけでも下山して救援を求めれば、生還のチャンスが生まれる。あなたの選択はまちがっていなかった」

「そうおもいたい。そして、たしかにその通りであったかもしれません。しかし、私の心に友を捨てたというおもいがこびりついて離れないのです。私には山を登る資格はない。山男の風上にも置けない人間です」

「しかし、弘中さんが山をやめても、なんの償《つぐな》いにもならないんじゃねえかな。きっとあんたの死んだ山仲間は、あんたに山に登りつづけてもらいたいとおもっているかもしれないよ」

「山に登りつづける?」

弘中は地引の方へ目を転じた。

「だって、そうだろう。一緒にヒマラヤに登った山仲間が山で死んで、生き残った山仲間が山をやめてしまったんでは、死んだ仲間は浮かばれないよ。あんたが死んだ仲間の夢を背負って、山を登りつづけるべきじゃないかな」

地引の言葉は弘中にショックをあたえた様子である。

「私もそうおもいますね。死んだ山仲間にしてみれば、まだまだ登りたい山が残されていたにちがいない。その夢をあなたが果たしてやらなければ、だれが果たしますか」

帯広に問われて、弘中は沈黙した。


弘中が寄せた情報に基づいて、帯広と棟居はロイヤルホテルを当たった。

二月二十日、弘中が門井純子（未確認）を見かけたという二十階前後、十九階と二十一階《フロア》を含めて、三階層にわたる西面の該当する客室二十七室の宿泊記録を調べたところ、二〇一五号室に宿泊した「真崎智也《まざきともや》ほか一名、愛知県豊田市五ヶ丘《いつつがおか》三丁目、会社員」がレジスターに記入した住所地に、該当する人物がいなかった。他のすべての客の身許《みもと》は確認された。

真崎のチェックインを受け付けたフロント係は、四十歳前後のサングラスをかけた男がレジスターを記入したと答えた。門井純子の姿をフロント係は確認していない。なお予約は当日、電話でなされたという。

キャッシャーに保存されていた真崎智也の勘定書《ビル》には、当夜、中華五目ソバ、およびエビソバ、季節の果物がルームサービスでオーダーされていた。

担当したルームサービス係に当たったところ、注文を受けたのは午後八時ごろで、女性がドアを開いて、ルームサービスを受け取ったと答えた。

だが、ルームサービス係はチェックイン手つづきをした男を見ていない。ルームサービス係に門井純子の写真を示したところ、非常によく似ていると証言した。

門井純子は自殺直前にロイヤルホテル二〇一五号室に宿泊していた形跡が濃くなった。

念のために杉野の写真をフロント係に見せたが、

「似ているようですが、同一人物かどうか自信がありません」

「本人に会えばわかりますか」

「ちょうど団体客のチェックインのラッシュ時間帯であり、大勢のお客様が相次いでご到着されましたので、ご本人に会っても見分けられるかどうかわかりません」

という答えであった。

真崎智也なる人物が、なんらかの後ろ暗い意図を抱えてチェックインしたのであれば、当然のことながら変装をしていたであろう。せっかくの弘中情報であったが、門井純子の前足の遡行《そこう》はそこまでであった。

ホテルからの聞き込みを終えて、帯広と棟居は帰りかけた。ちょうど夕刻の到着時間帯とみえて、フロントの受付《レセプション》カウンターの前には到着客が列をなしている。

国籍、肌の色、年齢、性別、思想、信条、人生観、身体の特徴、人種、職業、宗教等から旅行目的に至るまで、それぞれ異なる多種多様の人々が群れ集っている。まことにホテルは人間万博であった。

フロントの前を通り抜け、ホテル玄関口の近くで、帯広は一人の若い女とすれちがった。すれちがった後、棟居がおやと首をかしげて振り返った。

「どうかしましたか」

帯広が問うた。

「いますれちがった若い女性、どこかで出会ったような気がします」

棟居の顔が記憶を探っている。帯広も彼女の後ろ姿を追った。ホステスっぽい派手なスーツをまとった後ろ姿の様子のいい若い女性である。

彼女はフロントカウンターの方に見向きもせず、エレベーターホールの方角へ向かった。ふと傾けた横顔が、棟居の記憶を呼び覚ましたようである。

「おもいだした。スタッグにいた、たしか奈美という女性です」

「スタッグの奈美」

「さては彼女、仕事に来たな」

フロントに立ち寄らなかったのは、客からルームナンバーを連絡されている証拠である。スタッグからホテルは近い。ホテルの客から呼ばれたのであろう。客の許へ気が急《せ》いていて、棟居や帯広の存在に気がつかなかったようである。

どんな客が彼女を呼んだのか、興味を持った。後を追おうとしたとき、彼女が乗ったエレベーター搬器《ケージ》のドアが閉まった。同じケージに十人前後の客が乗り込んでいた。

二人はエレベーターのサインボードを目で追ったが、奈美がどの階で下りたかわからない。フロントに問い合わせてわかる性質のものではない。

もし〝自由恋愛〟であれば、彼女の恋のパートナーを詮索《せんさく》するのは野暮というものであろう。

「恋の通い路と言いますが、自由恋愛にホテルから呼ばれて来る女の後ろ姿は、なんとなく侘《わび》しいですね」

同じようなことを考えていたらしい棟居が、ぽつりと言った。

「恋の通い路ですか。古代は千鳥の鳴き声でしたが、今日は携帯電話が鳴る」

「時間決めの自由恋愛ですね」

「レンタルの恋愛ですよ」

「それでも、恋をしないのよりはましでしょうか」

「レンタルの恋愛は、レンタルする方もされる方も侘しいですね。しかし、どちらも侘しいなどとはおもっていないでしょう」

「しかし、彼女の後ろ姿は侘しげだったですよ」

「忍ぶれど色に出にけりわが恋は、という古歌がありますが、侘しい色が後ろ姿に出てしまったのでしょうかね」

帯広は、もしそんな侘しさが奈美の背に表われていたとしたら、それは恋の色ではなく、都会に一人で生きている女の寂しさであるかもしれないとおもった。

彼女らはそれを寂しいなどとはおもっていないだろう。都会に出て、自分の身体が高い値で売れる間に売りまくる。自分の肉の切り売りをして得た金で美しく着飾り、遊び歩く。蟻《あり》のように汗水垂らして、地上を這《は》いずりまわっても、都会という砂漠にはさしたる収穫がないことを彼女らは知っている。

ならば、蟻のように地上を這いずりまわって過ごすよりは、キリギリスのように面白おかしく歌って暮らした方がよい。

若い女が簡単に〝風俗〟に流れるのは、人間砂漠の中で、自分の身体だけが金券のように通用することを悟ったからである。

「張り込んでみますか」

棟居が帯広の顔色を測った。

「彼女が出て来たところを押さえても、客の名前を明かすかどうかわかりませんよ。それに、客を確かめたところで、事件には関係ない」

「そうですね」

棟居がうなずいた。

不特定多数の客に呼ばれる女性の相手をいちいち確かめたところで、意味がない。二人は奈美の尾行をあきらめて、ホテルを出た。

門井純子の前足の発見は、捜査本部に多少の刺激をあたえた。だが、純子の部屋を取った真崎智也の正体は不明である。

念のために真崎がチェックインした当夜、二〇一五号室からルームサービスをオーダーした中華五目ソバの材料を詳しく聞いて、門井純子の解剖執刀医に照会したところ、彼女の胃の内容物にぴたりと符合した。

ここに、門井純子が生前、最後の食事はロイヤルホテルで摂《と》ったことが確かめられた。

「純子がロイヤルホテルで最後の食事を摂ったことと、彼女の死因には直接の関わりはない。同ホテルで食事をした後、自ら現場に赴《おもむ》いてブランコ（縊首《いしゅ》）することも、充分可能だよ」

山路が水をかけた。

「もちろん可能ですが、生前の前足を焙《あぶ》り出せたということは、捜査の大きな進展だとおもいます。彼女の前足に関わってきた真崎智也の存在は、絶対に見逃せません」

帯広が切り返した。

前足の発見は捜査の常道である。犯人または死者の前足は、犯行と死因を解く重大な足がかりとなる。

山路もそれを充分承知していて、あえて掣肘《せいちゅう》した。彼は捜査本部の興奮が勇み足になることを戒めている。

死者の前足の発見によって、俄然《がぜん》杉野がクローズアップされてきた。杉野と門井純子との間に接点があるとすれば、マノン時代しかない。そして杉野はそれを否定している。

捜査本部は杉野勉《つとむ》の身辺内偵捜査を決定した。決定の下地には、杉野に似た人物が、真崎智也名義でチェックインしたというホテル従業員の証言がある。

杉野は新宿区役所に住民登録をしていた。四十一歳、結婚歴があり、八年前に離婚している。住所は新宿区北新宿四―二十×　エクセス北新宿四〇六号室。本籍地は三重県津市。戸籍謄本の附票によれば、本籍地から神戸市東灘区、群馬県高崎市、静岡県熱海市、東京都渋谷区、中野区等を転々とした後、現在の住所に至っている。

スタッグの前は赤坂のマノンにいたのがわかっているだけで、それ以前の経歴は不明である。

マノンはすでになく、当時の従業員や客から聞き込みをすることはできない。杉野と門井純子との間の個人的なつながりは浮かび上がっていない。

本籍地にはすでに両親は死亡しており、親戚《しんせき》もいない。

帯広と棟居は戸籍の附票に基づき、杉野の現住所から過去の住所へさかのぼることにした。過去の住所の変遷から、彼の人脈と生活環境が浮かび上がってくるかもしれない。その生活圏の中に、門井純子の死因が潜んでいる可能性がある。それは地を這い、草を分けるような捜査であった。

身辺内偵捜査は個人のプライバシーに関わるので、安易にすべきではない。杉野は捜査本部に残された唯一の手がかりであった。

それも手がかりとは言えないような、あえかに脆《もろ》いトレースである。杉野を追う根拠は、菊川情報によるマノンの経歴、ロイヤルホテルで門井純子らしき女性が、その生前、最後の姿を弘中に窓越しに目撃されたこと、門井の胃内容物の一致、および同部屋にチェックインした真崎智也が杉野に似ていたというフロント係の証言である。

しかも弘中もフロント係も、門井純子と杉野勉と確認したわけではない。だが、帯広の経験に訴える直感があった。

その直感は先入観を促し、見込み捜査の引き金となると、山路が再三戒めているところであるが、経験による直感は臨床例の豊富な医師のように、医療機械の能力も及ばないところがある。

科学捜査と組織捜査は必ずしも万能ではない。科学と組織の網目を潜《くぐ》られたとき、犯人を追うのはおれだという自負が、帯広のような古い刑事にはある。

刑事がその自負を失ったときは、もはや刑事ではなく、科学と組織の走狗《そうく》である。

帯広は自分の直感を信じた。単なるヤマ勘ではない。菊川や弘中や、その他から寄せられた情報を総合し、これまでの捜査の方角を踏まえた上での勘である。

杉野の過去に向かって住居の変遷をさかのぼるうちに、中野区でちょっと興味のある聞き込みを得た。

杉野は五年前、中野坂上近くの賃貸マンションに二年ほど住んでいたことがあった。このマンションの管理人に門井純子の写真を示したところ、

「ああ、この人なら杉野さんがこちらにおられたころと同じ時期に、入居されていましたよ。OLということでしたが、綺麗《きれい》な人でしたね」

五年前と言えば、杉野も門井もまだマノンに行っていなかったころかもしれない。当時、二人の間にはすでに接点があったのだ。

杉野は中野の居所で純子と一緒だったことを秘匿《ひとく》している。帯広は、また一歩迫ったとおもった。

だが、まだ彼の首根を押さえたわけではない。転々と居所を変えている間に、一時、同じ屋根の下に入居していたといっても、都会のマンションやアパートでは住人相互につき合いがあるとは限らない。隣人がなにをしているか、まったく知らなかったと突っぱねられれば、それまでである。

「杉野と純子は確実につながりがありますね。問題は二人の個人的関係ではありません」

棟居が言った。

「私もそうおもいます。杉野のブーケ買い入れ資金は、どこから出ているか。二人のつながりの背後に、杉野のスポンサーが隠れているはずです」

「杉野と純子の接点が浮かび上がれば、スポンサーも焙り出せるとおもったのですが、一向に焙り出されませんね」

「しかし、確実に迫っています。杉野がブーケを買おうとしたことは、天の配剤だとおもいますよ。六本木のスタッグでこぢんまりとやっていればよかったのです。野心を出してブーケに食指を伸ばしたものだから、不審を招いてしまった」

「杉野に任同（任意同行）をかけられませんか」

棟居が言った。

中野坂上で門井純子と同じマンションに入居していた事実は、任意同行要請の理由になるかもしれない。

捜査本部が杉野に目をつけたことが、彼の背後に潜んでいるかもしれないスポンサーに揺さぶりをかけるだろう。

「任同をかけるには、一時同じマンションに住んでいたというだけでは弱いですね。二人の間につき合いがあったことを確かめたい」

帯広と棟居はマンションの入居者と、その界隈《かいわい》を丹念に聞き込みに歩いた。

入居者のほとんどは替わってしまっているが、界隈の古い商店は生き残っている。不毛の聞き込みがつづいた。

商店街の美容院を当たったとき、初めて反応があった。「ベルダ」というその美容院の女店主は、示された門井純子の写真に、

「あら、門井さんなら、私の店によくいらっしゃいましたわよ。同じマンションに住んでいるとかいう杉野さんという男の方とご一緒でした」

「杉野と一緒に来た……」

意外な美容店主の言葉に、二人はおもわず声を高くした。

「はい。杉野さんも私どものご贔屓《ひいき》でした。最近は男の方も美容院へよくいらっしゃいます。当時はまだあまり男の方は多くありませんでしたが、杉野さんは私のカッティングが気に入っていて、ご贔屓いただきました」

念のために帯広が示した杉野の写真に、女店主は、

「そうです。杉野さんですわ。当時とちっとも変わっていらっしゃいません。転居された後も美容院へ通っていらっしゃるのでしょうね」

と、商売柄、杉野の形よくカットされたヘアスタイルに目を向けて言った。

「この杉野さんと門井さんはいつも連れ立って来たのですか」

「ほとんどご一緒でした。とても仲がおよろしくて、最初はご夫婦かとおもいましたわ。そうそう、私がそのことを申し上げると、杉野さんはにやにやしながら、自分たちは結婚していないが、猫が結婚したとおっしゃっていました」

「猫が結婚した……？」

「当時、お二人とも猫を飼っていらっしゃいましてね、猫同士がいつの間にか仲良くなって、杉野さんの猫が仔猫を産んだのです。私もその仔猫の一匹をもらいましたよ。いまわ

が家の牢名主《ろうなぬし》がそのときの仔猫ですわ」

美容店主は、陽の射し込む窓際に置き物のようにうずくまって動かない、よく肥《ふと》った白猫を目で指しながら苦笑した。

門井純子がコロ（旧名ルイ）を飼う前に、猫の下地があったのだ。生前の住居では猫は飼っていなかったので、その後、猫は死んだか、手放したのであろう。杉野の猫については不明である。

「仲良くなった猫の名前をご存じですか」

棟居が問うた。

「杉野さんの猫はプリン、門井さんの猫はたしかムーミンと呼んでいました」

「プリンとムーミンですか」

二人の間には同じマンションの入居者ということに加えて、猫の結婚という大きな接点があった。

こんな重大な接点がありながら、杉野は純子を知らないと空《そら》とぼけた。

力を得た帯広と棟居は、赤坂のロイヤルホテルで再聞き込みを行なった。真崎智也が杉野であることをなんとしても証明したい。

真崎が記入したレジスターカードが領置（任意提供）され、ホテルの従業員に執拗《しつよう》に聞き込みをしてまわった。

その結果、ルームサービス係の一人が興味ある証言を寄せた。

「たぶんそのころ、私はルームサービスした各部屋の食器を集めていましたが、二十階のあるお部屋の前に出されていた空の食器を取り下げましたところ、キッチンの洗い場で食器を載せたトレイに、お客様が捨てたテレホンカードを見つけました。使用済みカードでしたが、私の好きなシンガーソングライター、ハニービーの新曲発売記念のカードでしたので、私がいただきました。もしかしたら、こんなことでもお役に立つでしょうか」

ルームサービス係はおそるおそる言った。

「あなたがそのテレホンカードを見つけた食器は、二月二十日、二〇一五室から出されたことは確かですか」

「確かかと聞かれると自信がないのですが、二十階の一五号室の近くだったとおもいます。食器は中華ソバ用のどんぶりが二客とフルーツ皿でした」

それは二〇一五号室の注文と符合している。

「あなたはいま、そのテレホンカードをお持ちですか」

「コレクションの中にあります」

「ぜひ貸してください。あっ、それからそのテレホンカードをお持ちになるとき、必ず手袋をつけてください」

帯広は言った。もしテレホンカードの所有者が杉野であれば、彼の指紋が表面に残っている可能性がある。

指紋が一致すれば、真崎智也が杉野である有力な証拠となる。帯広と棟居は気負い立った。

杉野は三年前に、都内の路上を運転中、突然横町から飛び出して来た自転車を避けきれず、接触事故を起こした。

自転車は転倒し、自転車に乗っていた少年は軽い打撲傷を負った。非は一方的に自転車少年にあったが、杉野も前方不注意として過失傷害、および道交法違反の責任を問われた。

このときの事故で指紋を採取されていた。

杉野の指紋とテレホンカードから顕出された指紋を照合したところ、ぴたりと一致した。

杉野がテレホンカードを門井純子にあたえたかもしれないという意見もあったが、カードからは純子の指紋は顕出されていない。

ここに二〇一五号室にチェックインした真崎智也は、杉野であることがほぼ確定された。

捜査本部は杉野勉を参考人として、任意同行を求めることを決定した。

3

杉野の容疑は濃厚であったが、犯行動機が憶測に頼るだけで、証拠がない。また杉野が別名義でチェックインしたホテルの同行者が、門井純子と確認されていないことも、杉野が罪を犯したと疑うに足りる相当な理由に欠ける。

同行者が純子と確認されても、ホテルにおける彼女の足跡が、死体発見現場に直接結びつかないことも、逮捕状発付を請求するための説得力に欠ける。

だが、捜査本部としては帯広と棟居が発見した杉野と純子の接点を重視した。杉野に任意同行を求め、その自供が得られれば、逮捕状を執行できる。

ここに那須警部は、収集した捜査資料を総合判断して、杉野の任意同行を決定したのである。

五月十五日朝、新宿区内の自宅マンションに突然訪問して来た捜査員から、任意同行を要請された杉野は、そのときまだベッドに入っていた。

帯広から任意同行の要請を受けた杉野は、落ち着いた表情で、身支度をするまで待ってほしいと言った。

杉野はその場から町田署の捜査本部に連行された。彼は町田署に用意されていた朝食を平然と平らげた。その悪びれない落ち着き払った態度は、開き直っているようにも、後ろ暗いところがないようにも、またあらかじめ任意同行の要請を予期していたようにも見えた。

杉野の主たる取り調べに当たったのは那須である。佐山と湯川のときと同様、帯広と棟居が補佐についた。

「早朝からご足労いただいて、申し訳ありませんな」

那須は低姿勢に労《ねぎら》った。

「いえ、夜の仕事ですので、どうせ昼間は寝ていますから」

杉野の言葉裏には、夜までには帰れるだろうという楽観があるようである。

「そんなにお手間は取らせないつもりです。これまでにもお尋ねしたことですが、門井純子さんの件について、再度お聴きしたいことが生じました」

那須は丁重な口調で言った。

「門井さんとは個人的なおつき合いはございませんでしたので、お役に立つようなことは申し上げられないとおもいますが、どんなことでしょうか」

前回の答えよりは少し含みを持たせているようである。個人的なつき合いは解釈次第によって、拡大も縮小もできる。

「個人的な交際はなかったのですか」

那須が確かめるように言った。

「ございません」

杉野は言い切った。

「中野坂上のマンションに二年ほど入居されていましたね」

那須は世間話のような口調で言った。

杉野の表情は動かなかったが、顔色が少し改まったように見えた。警察が過去の住居の変遷を追っていることに、少し衝撃を受けた模様である。

「そうですね、あちこち転々としていましたが、そう言われてみると、中野坂上にも少々いたことがあります」

「正確には二年と三ヵ月入居していましたよ」

那須は杉野の顔を覗き込むようにして言った。

「そんなにいましたかね。ほんのちょっと草鞋《わらじ》を脱いだような気がしていましたが」

「まちがいありません。ちょうどあなたが入居されていた同じ時期、同じマンションに門井純子さんも入居していました」

那須が切り札の一枚を突きつけた。

「よくおぼえていませんね。同じマンションといっても、入居者たちとはほとんどつき合いはありませんでしたから」

「でも、猫が結婚したんじゃありませんか」

「猫が結婚……」

「あなたが飼っていたプリンと、門井さんが飼っていたムーミンが結婚して、仔猫が生まれたそうですね」

「猫が仔を産んだことはおぼえていますが、どこの猫と結婚したか知りません」

「ほう、家族同様の飼い猫が、どこの馬の骨、いや、猫の骨かわからん仔を産んだというわけですか」

「家の中に閉じ込めたままにしておけなかったので、外出したとき結婚したんだとおもいます」

「パートナーは門井純子さんのムーミンですよ。あなたはそのことを知っていたはずだ。近くの美容院『ベルダ』の店主が、あなたと門井さんが連れ立って店へ来たと言っていました。現在、ベルダに健在の飼い猫は、プリンとムーミンの間に生まれた仔だそうです」

「ベルダという美容院には何度か行った記憶があります。仔猫の世話も頼んだようにおぼえていますが、門井さんと連れ立って行ったおぼえはありません。たまたまその店に行き合わせたのを、ママの目には連れ立って来たように見えたのではないでしょうか」

「なるほど。そのような勘ちがいもあるかもしれませんな」

那須はこだわらずにあっさりと退いて、

「たまたま同時に行き合わせたとして、あなたは同じマンションに入居していた門井さんに気がつかなかったのですか」

「特に意識はしていませんでしたから。定期的に通う間に常連とはいつの間にか顔馴染《なじ》みになり、店で顔を合わせると会釈ぐらいは交わします。そんな相手の一人に、門井さんがいたのではありませんか」

杉野は巧妙に言い逃れた。

那須は改めて杉野に問いただした。

「参考までにお尋ねしますが、二月二十日の夜はどちらにいらっしゃいましたか」

「二月二十日……突然言われても、一昨日のこともよくおもいだせないほどですから」

「メモをご覧になっていただけませんか」

「私は特にメモを取っていません」

「実は二月二十日の午後、あなたを赤坂のロイヤルホテルで見かけたという人がいるのですがね」

「ロイヤルホテル？」

「あなただけではありません。門井純子さんも一緒にいたそうです」

那須と帯広と棟居が視線を集めて、杉野の表情を探っている。

「私には記憶がありませんが」

杉野は無表情に答えた。そのポーカーフェースが反応の一種ともなっている。

「そうですか。二〇一五号室、真崎智也という名義でチェックインしています。ここにホテルから借り出してきたレジスターカードがあります。この筆跡は、杉野さん、あなたのものではありませんか」

那須が目配せすると、帯広がホテルから領置してきたレジスターカードを杉野の前に差し出した。

だが杉野の筆跡が取れず、その鑑定は行なわれていない。鑑識の文書係は、字数が少ない上に、故意に筆跡を隠すように書いているので、鑑定が難しいと言った。

「もしご協力いただけるなら、同じ文字をここに書いていただけませんかかな」

那須が言った。杉野は少し顔色を改めて、

「それではまるで犯人扱いではありませんか」

「とんでもない。多少とも関わりのある方にはお願いしています。協力者として筆跡や指紋を採取させていただくこともあります」

那須が穏やかに言った。

「その必要を認めません」

杉野はにべもなく首を振った。本人がいやだというものを強制するわけにはいかない。

「それでは、その件は保留いたしまして、このテレホンカードにご記憶がありますか」

那須はついに最後の切り札を突きつけた。帯広が差し出したテレホンカードを杉野は一《いち》瞥《べつ》したが、なんの反応も示さない。

「このテレホンカードはロイヤルホテルのルームサービス係が、二月二十日の夜、二〇一五号室から出されたルームサービスの空の食器を取り下げたとき、食器と一緒にトレイに載っていたものです。使用済みのテレホンカードでしたが、ルームサービス係はテレホンカードのコレクションをしていたので保存していました。このテレホンカードからあなたの指紋が顕出されたのですよ」

杉野のポーカーフェースが崩れて、顔色が動揺した。だが、咄嗟《とっさ》に返す言葉が出てこない。

「あなたの指紋を捺《お》したテレホンカードが、どうしてロイヤルホテルの二〇一五号室から出てきたのか、ご説明いただけませんか」

那須が肉薄した。

「そ、それは、もしかしたら、ぼくがあたえたカードを彼女が持っていたのかもしれない」

個人的なつき合いはないと言っていた杉野が、テレホンカードをあたえる関係を認めた。

「それはないとおもいますよ。もしあなたが門井さんにテレホンカードをあたえたのであれば、門井さんの指紋も同じカードから顕出されるはずです。門井さんの指紋はまったくありませんでした」

追いつめた杉野に、那須はさらに追い打ちをかけるように、

「門井さんの死体は町田市域の山林で、二月二十一日に発見されました。その胃内容を調べたところ、最後の食事はロイヤルホテルの二〇一五号室のルームサービスと一致しました。すると、あなたが彼女の生前、彼女と最後に一緒にいたということになります。それにもかかわらず、あなたは門井さんと個人的なつき合いはないと言い張っている。この矛盾はどのように説明しますか」

那須は一気に迫った。

「門井純子との関係について、嘘《うそ》を申し上げていたことは申し訳ありません。しかし、彼

女とはビジネスの関係でした。つまり、彼女に会うときは金を支払っていました。彼女はプロの女性でした。私はあくまでも彼女の客の一人にすぎません」

「もし客だとすれば、最後の客ということになりますね」

「最後の客だとしても、私は彼女の死には関係ありません。二月二十日の夜、私は彼女とロイヤルホテルで会ってから、別れました。その先、彼女がどこへ行ったか、私は知りません」

「単なるビジネスの関係なら、なぜ中野坂上のマンションで一緒だったことを隠したり、ロイヤルホテルで偽名を用いたりしたのですか」

「面倒くさかったのですよ。彼女と売ろう、買おうの関係だけだったとしても、いろいろと警察から聞かれるのが煩《わずら》わしかったのです。女性を買う客が偽名を使うのは珍しくありません。翌日、彼女が自殺したというニュースをテレビで見て、びっくりしました。私が最後の客ということがわかると、いろいろ面倒になるとおもって、彼女が死ぬ前に、ホテルで一緒に過ごした事実を隠したのです。私は巻き込まれたくなかったのです」

杉野は言い張った。

「門井さんは妊娠五ヵ月でしたが、その事実を知っていましたか」

「全然知りません。腹の大きくなった女性など買いません。気がつきませんでした。だから避妊具《コンドーム》を使ったのです」

「避妊具は病気の予防にも使用しますよ。プロの女性は妊娠には気をつけているものです。また万一妊娠したとすれば、速やかに中絶するでしょう。五ヵ月になるまで中絶しなかったということ、また五ヵ月の身重で、生前あなたと最後にホテルで過ごしたということは、つまり、あなたを客として意識していなかった事実を示すのではありませんか」

「彼女がどうして妊娠したのか、私は知りません。知る必要もないことです。しかし、プロでも時には妊娠することもあります。気がついたら五ヵ月になっていたのではありませんか」

「あなたが門井さんに会った次の日、彼女が町田市の山林で死体となって発見されたことはご存じですね。一応自殺の体《てい》ですが、我々は死因に疑いを抱いております。仮に自殺であったとすれば、死をおもいつめた女性が、その前夜、客を取るような心理になりますかね」

「さあ、そんなことは彼女の内面の問題で、私にはわかりません」

「あなたは彼女と会っている間、なにか気がついたことはありませんか。たとえばふさぎ込んでいたとか、あるいは異常にはしゃいでいたとか、普通ではないような様子はありませんでしたか」

「特に気がつきませんでした」

「門井さんはあなたと別れた後、町田市の山林へ行って死んだことになります。あなたと別れた後、なにか予定があるようなことは言っていませんでしたか」

「べつになにも言っていません。私は女性のことは詮索しないことにしています」

「門井さんと別れた後、どうしましたか」

「家に帰って寝てしまいました」

「なぜ、スタッグに出なかったのですか。休日ではなかったでしょう」

「億劫《おっくう》になってしまったのです」

「その夜、訪ねて来た人や、電話をかけてきた人がいましたか」

「訪問者も電話もありませんでした」

「当夜、あなたが門井さんと別れた後、家に帰ったことを知っている人はいますか」

「もう遅い時間にかかっていたので、だれにも会いませんでした」

「遅い時間というと、何時ごろでしたか」

「午前零時ごろだったとおもいます」

「午前零時ならば、いまの東京ではそれほど遅い時間でもないでしょう。帰宅したとき、マンションの入居者や近所の人に出会いませんでしたか」

「だれにも会いませんでした」

「それでは、あなたが門井さんと別れた後、午前零時ごろ帰宅したことをだれも知らないわけですね」

「いいかげんにしてくださいよ。いちいち自分の家に帰るのに証人はいりません」

杉野は少し声を荒らげた。

杉野はのらりくらりと言を左右にして、巧妙に言い逃れた。

結局、その日の取り調べでは杉野に止《とど》めを刺すことはできなかった。生前、最後の客ではあっても、その客と門井純子の死因の間には因果関係は証明されていない。また客であれば、彼女を自殺に偽装して殺す動機がない。

売りもの買いものにすぎない関係であれば、女性が妊娠しようとしまいと、金で解決がつく。

那須はこの日の取り調べでは、逮捕状の請求は困難と判断した。杉野はコーナーに追いつめられながらも、際どいところで逃れた。

これ以上、杉野を引き止めておく理由がなかった。捜査員の心証は一層煮つめられていたが、杉野の息の根を止める決定的な武器を欠いている。

捜査員は歯ぎしりしながらも、いったん杉野を解放せざるを得なかった。

杉野は捜査本部が照準を定めた最後の的である。その的に躱《かわ》されて、捜査本部が被った挫折感は大きい。だが、帯広や棟居はまだあきらめていない。

杉野との最初の対決では、ブーケの購入資金については触れていない。

「野郎、我々の追及を躱してほっとしているだろうが、必ず尻尾《しっぽ》をつかまえてやる」

棟居が悔しげに言った。

資金源に潜むスポンサーこそ、黒幕である。いまは躱されたが、当分杉野を泳がせて、必ず黒幕を焙り出してやる。彼らは改めて心に誓った。

誤った軌道

1

久し振りにコロポックルに立ち寄ると、ちょうど稲葉が来合わせていた。稲葉は控え目で、常連たちが顔を揃《そろ》えているときでもほとんど発言しない。元は中央官庁の高級役人だったということであるが、だれも彼の素性については詳しくは知らない。

「その後、門井純子さんの事件にはなにか進展がありましたか」

常連の輪からも離れて、一人ひっそりとコーヒーのカップを抱え込んでいるような稲葉が、この日は珍しく彼の方から話しかけてきた。

「私がここへ来ているのが、あまり進展していない証拠ですよ」

帯広は苦笑した。

「それでは、常連としては捜査が進展しないことを祈りたいですね。いけない、こんなことを言っては、死者に対して不謹慎かな」

稲葉が柄にもなく軽口をたたいてから、自戒するような顔をした。

「案外、門井さん自身が死因をあまり詮索《せんさく》されたくないのかもしれませんね」

帯広は言った。

純子の無念の声が聞こえるような気がして、心の債務を返済するために自ら定年延長を希望して捜査本部に加わったが、これが果たして本人の遺志に添うものかどうか、最近、帯広にも自信がなくなってきた。

もし死因の究明が本人の遺志に背くものであれば、債務の返済どころではなく、新たな債務を加重することになるだろう。

いや、そんなことはない。門井純子の居宅にあった育児書の背文字が、揺れかかる帯広を叱咤《しった》した。

「帯広さん、定年延長をされてまで捜査本部に参加したそうですね」

稲葉が言った。

常連には、間もなく定年であることを話している。だが、定年満了日を過ぎても、捜査に参加している帯広に、常連たちは詳しい理由は知らぬながらも、彼が門井純子の死因の捜査に異常な情熱を燃やしていることを察知していた。

「袖振り合うも多生の縁と言いますが、門井さんが飼っていた犬を私が引き取って、行きずりとはおもえない縁を感じましてね」

帯広は言った。

「きっと門井さんも、草葉の陰から感謝しているとおもいますよ」

稲葉は言った。

「彼女から感謝されるより、彼女が浮かばれるとよいとおもっています」

「門井さんは妊娠していたと報道されていますが、胎児の父親はわからないのですか」

「わかりません。きっと彼女が死んで、ほっとしているんでしょう」

「妊娠した女性が、自ら命を絶つというのはよくよくのことだったとおもいます。捜査本部が設置されたことを見ても、死因に疑惑があるのでしょう。素人でも胎児の父親が犯人ではないかと疑いますよ」

「犯人であるかどうかはべつとして、せめて胎児の父親に名乗り出てもらって、線香の一本もあげてもらいたいとおもっています」

「仮に胎児の父親が知らないということはないでしょうか」

稲葉の言葉は、門井純子が不特定多数の男を相手にしていたという想定を踏まえている。

「母親は胎児の父親がだれか、知っているはずです。そして、もし彼女が自殺を決意したのであれば、必ず父親にそのことを告げているはずです。また胎児の父親が犯人であるとすれば、彼女の妊娠が動機の重大な要素であるはずですから、知っていたにちがいありません。どちらにしても、胎児の父親はそのことを知っていたはずです」

「私には胎児の父親の気持ちがわかるような気がします」

「胎児の父親の気持ちがわかる……？」

「実は、私も我が身の恥を申し上げますが、同じような経験をしております」

「稲葉さんが同じような経験とおっしゃいますと」

帯広が少し身を乗り出すようにした。ちょうど店内は閑散としていて、常連の顔も見えない。

「過日、話題の主となった湯川陽一は、運輸省時代、私の同期でした」

「それは初耳ですね」

「出世レースのライバルでしたよ。ご承知とおもいますが、同期の中から次官が出ると、同期の者は退かなければなりません。次官の椅子《いす》は一つしかない。キャリアの生き残りゲームは熾烈《しれつ》でしたね」

「稲葉さんならば、次官にもなれたんじゃありませんか」

「はは、一時、そんな夢を見たこともあります」

「なぜ、そのレースから下りたのか、お尋ねしてもよろしいですかな」

「帯広さんには以前からお話ししようとおもっていました。恥ずかしい話なので、帯広さんと二人だけのときを狙っていたのですが、いつもだれかが居合わせましてね、なかなか機会をつかめませんでした」

帯広は稲葉がなんとなく彼に話しかけたそうにしていた気配がいまにしてわかった。

「当時、私は同期の中でも、ある有力な政治家の引きを得て、大実業家の娘と結婚して、同期のライバルたちを一馬身引き離していました。あのままエリート街道を突っ走っていれば、次官も、また湯川同様、政界に打って出ることも夢ではなかったかもしれません」

「それがどうして……？」

「女です。女に身を誤ったのです。もっとも私は誤ったとはおもっていませんが、世間的には道を誤ったことになるでしょうね」

「次官を棒に振って後悔していないとは、どういうことですか」

「相手は行きつけのクラブのママでしたが、私が引きを受けていた政治家のおもわれ者でした。政治家の目を盗んで、いつの間にか理《わり》ない仲となり、そして彼女は妊娠してしまったのです。私は中絶するように勧めたのですが、彼女はなんとしても産むと言い張りました。彼女が子供を産めば、私は破滅します。家庭は破壊され、政治家の引きを失い、役所にも留《とど》まれなくなります。私は彼女に何度も中絶するように頼みました。しかし、彼女の決心は動かし難く、彼女さえ死んでくれればとおもいつめたこともあります。私は悩みました。彼女さえいなければ、すべてうまくいく。私は両親と一族の期待の星でした。彼女の胎内に宿った幼い生命が私を滅ぼす悪魔の種子のようにもおもえました。もし彼に約束された将来や家庭があったなら、妊娠して、どうしても産むと言い張る門井さんに、殺意をおぼえたかもしれない。私には胎児の父親の気持ちが手に取るようにわかります」

「しかし、あなたは女性を殺さなかった……でしょう」

「殺しました」

「殺した⁉」

「殺したも同然の結果になりました」

「殺したも同然と言うと……」

「追いつめられた私は、ついに彼女と心中をしたのです。景色の美しいところで死にたいという彼女の希望を入れて、上高地へ行きました。二人でこの世限りの歓を尽くして樹林帯の奥へ入り込み、睡眠薬を飲んだのです。

ところが夜間、気温が冷えて、私は覚醒《かくせい》してしまいました。気温の低いところでは睡眠薬の効き目が悪いことを、私は知らなかったのです。薬の効き目には個人差があって、彼女だけが死にました。私は死に損ない、そしてすべてを失ってしまったのです。

私は役所を辞め、妻と離婚して、彼女を殺したという重い荷物を背負って、それ以後の人生を生きてきました。いや、彼女だけではない。彼女の胎内に宿った幼い命までも殺してしまったのです。心中の死に損ないというものは、単に死に後《おく》れただけではなく、人を殺した罪までも背負わなければなりません。コロポックルのコーヒーがなければ、とてもその重さに耐えられないところですよ」

「その重さを知っていることが、あなたの贖罪《しょくざい》であり、あなたが人間である証拠です。門井さんを死に至らしめた犯人は、おそらくその重さを感じていないでしょう」

「上高地へ行き、いよいよこれから一緒に死のうという直前、彼女はこんなことを言いました。後悔していないかと。後悔しているようであれば、ここへ一緒に来ないと私は言いました。すると彼女は、もしほんの一かけらの後悔でもあれば、私を殺して、あなただけが生き残れと言ったのです。そして結果は、彼女が言った通りになりました。もしかすると、彼女は私の潜在意識の中にあった後悔のにおいを敏感に嗅《か》ぎ取ったのかもしれません。そして私は最近、私が生き残ったことを後悔していないのに気づいて、愕然《がくぜん》としたのですよ」

「あなたが死に後れて、いつまでもくよくよしていたら、かえって彼女が悲しむのではありませんか」

「せめてそうおもうことによって、自分の気持ちを慰めています」

「忘れてはいけない。しかし、いつまでも死者の想い出に浸って、その後の人生を見失ってしまうと、死者が浮かばれませんよ。生き残った人間は、死んだ人間の分まで生きる責任があるとおもいます。いや、いけない、ついお説教めいたことを言ってしまった」

帯広は頭をかいた。

そのとき菊川と三谷が入って来た。

2

稲葉も人生の重荷を背負っていた。中央官庁のエリート街道を驀進《ばくしん》していた稲葉は、恋にその軌道を誤ってしまった。本人は誤ったとはおもっていないと言った。だが、出世の軌道を逸《そ》れたことは事実である。

もし稲葉がその女性との恋に軌道を逸れなければ、いまごろは次官を経て、湯川陽一の位置に座っていたかもしれない。稲葉は出世を犠牲にして、恋に殉《じゅん》じたのである。

コンピューターのような頭脳と、クールな心を持っているはずのエリートの中にも、恋に殉ずる人間がいる事実を知って、帯広は感動をおぼえた。

「主と寝ようか百万石取ろうか。なんの百万石、主と寝よ」という俗謡をふとおもいだした。

ようやく追いつめた杉野に止《とど》めを刺せず、捜査が停滞しているとき、尾花藤江が興味ある情報をくわえてきた。

「杉野が面白い女の子を連れて来たのよ。奈美という女の子だけど、ほら、湯川の秘書の佐山が馴染《なじ》んでいたという子よ」

「奈美がブーケに入ったのかい」

考えてみれば、スタッグを拠点としていた奈美が、ブーケの経営者となった杉野の引きでブーケに入店しても、なんら異とするに足りない。

「奈美と一緒にお客も移って来たんだけれども、奈美のお客はなにか勘ちがいしているみたい」

「なにを勘ちがいしているんだね」

「ブーケもスタッグと同じような店だとおもっているらしいのよ。女の子は、誘えばみんな寝るとおもっているようなの。杉野が経営者になってから、急にお店の柄が悪くなっちやったみたい」

「つまりスタッグと同じように、デートクラブかなにかと勘ちがいしているのかね」

「どうもそのようなのよ。悪貨は良貨を駆逐すると言うでしょう。いいお客までが悪い色に染まってしまうのよ。このごろよくお客から、特攻隊を世話しろと言われるの」

「特攻隊」

「春の火鉢よ。どこのお店も何人か特攻隊の女性を抱えているものだけれど、経営者が代わってから、急に特攻隊のリクエストが多くなったようだわ」

「杉野のスポンサーはわからないかね。安金ではブーケは買えない。杉野には必ずスポンサーがついているはずだ」

「私もそれとなく注意をしているんだけれど、それらしい線が見えてこないのよ」

「ブーケにきみを紹介したのがぼくだということが杉野に伝わると、きみが働きにくくなるのではないかな」

「その点は大丈夫よ。ママはそんなことは絶対に杉野に言わないわよ。もし言っていれば、私をブーケのママに推薦するはずがないもの」

「ママ以外に、きみがぼくの紹介だということを知っている人はいるかい」

「ママだけよ。そうそう、紹介でおもいだしたけれど、門井純子さんを紹介した人はだれだとおもう」

「ママは雑誌の求人広告を見て応募してきたと言っていたが」

「ママは口が堅いわよ。みんな雑誌から応募したと言うわ」

「だれの紹介なんだね」

藤江の言葉には意味深長な含みが感じられる。

「奈美から聞いたんだけれど、意外な人物よ」

「えっ、まさか門井純子と奈美の間につながりがあったと……」

帯広は盲点を覗《のぞ》いたような気がした。

杉野と純子との間に関係があれば、純子と奈美との間につながりがあったとしても不思議はない。

奈美にはスタッグに聞き込みに行ったとき、純子の写真を見せたが、反応はなかった。

奈美は村野弘美だけに反応を示していたのである。

「奈美も人から伝え聞いたらしいのよ。突然私に、門井純子さんを知っていますか、と聞いたの」

「奈美がそんなことを聞いたのかい」

「純子さんを知っているの？　と私が聞き返すと、以前に大安運送の女社長がブーケに門井純子を紹介したはずだと言い出すのよ。大安運送の女社長と言えば、強盗に殺された人でしょう。最初、その運送会社の運転手が疑われて、結局、泥棒が居直り、殺したことがわかって、大きく報道されたのでおぼえていたわ。私が奈美に、あなた、どうしてそんなことを知っているのと聞くと、佐山から聞いたと言うのよ」

「湯川の秘書の佐山勝行かい」

「ほかに佐山がいる？」

帯広は種明かしをされて、少し落胆した。佐山ならば、奈美の馴染み客であるから、彼の元勤め先の女社長の情報が伝えられても、なんら不思議はない。

だが、女社長が門井純子をブーケに紹介したという話は初耳であった。

「すると、ブーケの前のママと女社長との間には、なにか個人的なつながりがあったことになるな」

「私もそうおもったので、帯広さんの耳に一応入れたのよ」

「女社長とブーケの前のママと門井純子との間には湯川陽一が介在しているかもしれないな」

「直接の関係ということもあるわよ」

「直接？」

帯広ははっとした。

「べつに湯川や佐山が間に入らなくても、安田昌子とブーケのママの間に直接のつながりがあっても、べつに不思議はないわ」

「なるほど。ブーケには湯川や佐山がよく来ていたそうだが、安田昌子の線かもしれないな」

帯広はブーケの前経営者、桐島靖子に会ってみる必要を感じた。門井純子がブーケに入店した経緯《いきさつ》は、雑誌の求人広告に応募してきたと言う桐島靖子の言葉を鵜《う》呑《の》みにしていただけである。

ブーケ以前、マノンにいたという噂《うわさ》だけで、純子の経歴は皆目不明である。マノンからブーケにどんな経路で来たのか、これがわかれば、捜査に新たな突破口が開けるかもしれない。

もし純子が安田昌子の紹介であれば、ブーケの前のママはなぜそれを隠したのか。つまり桐島靖子は安田昌子との関係を知られたくなかったということなのか。帯広はおもわくをめぐらした。

死のレシート

1

桐島靖子はブーケの経営から退いた後、西麻布のマンションで悠々自適の暮らしをしているという。癌《がん》だという噂《うわさ》があったが、海外旅行や買い物や、時にはゴルフにも出かけているらしい。

帯広が桐島靖子を訪問しようとした矢先、局面が急展開した。

五月二十二日午後、新宿区北新宿四丁目のマンションにある杉野勉の自宅を訪問して来たブーケの従業員、中川《なかがわ》奈美がチャイムを押しても応答がないのを訝《いぶか》しみ、ドアを引いたところロックされておらず、室内に入ってテラスに面したリビングルームの床に倒れている家の主を発見した。

最初は酔いつぶれて、そんなところに眠り込んでしまったのかもしれないとおもった中川奈美が、社長と声をかけようとして、後頭部から首筋を伝い、床にどろりと固まっているどす黒い粘液のプールを見つけて、異変を悟った。

悲鳴をあげてその場から逃げ出した奈美は、ちょうど廊下を通りかかった入居者の一人に異変を知らせた。

一一〇番経由で通報を受けた管轄署から、捜査員が駆けつけて来た。第一報が本庁に入れられて、捜査一課が臨場して来た。

発見者はその部屋の主が経営している新宿三丁目のクラブ「ブーケ」の従業員で、その日、社長から呼ばれていたという。

検視の第一所見によると、死因は脳挫傷《ざしょう》。後頭部に鈍器の作用による打撲傷が認められ、脳内深部に影響して死に至ったとみられる。犯行時刻は深夜から未明にかけてと推定される、というものである。

現場および周辺には、凶器に該当する鈍器は発見されていない。部屋の主が犯人を室内に迎え入れているところから、顔見知りの犯行と捜査員は見た。

室内には格闘や物色した形跡は認められない。接待した形跡も特に見られない。だが、これは犯人が犯行後、接待痕跡を消去したのかもしれない。

被害者が犯人を迎え入れた後、隙《すき》を見て凶器で頭を殴打したという状況である。

頭皮がぶよぶよになっており、頭蓋《ずがい》が砕けているようである。血痕はあまり飛び散っていない。犯人はほとんど返り血を浴びていないであろう。

「社長から呼ばれたということですが、どんな用事で呼ばれたのですか」

所轄の新宿署から臨場して来た牛尾《うしお》は、発見者に尋ねた。二十代半ばと見える化粧と服装の派手な女性である。被害者と発見者の個人的な関係をおおかた察しながら、牛尾はあえて問うた。

「呼ばれたとき、どんな用事か、べつになにも言われませんでした。私はただ、社長から指定された時間に来ただけです」

奈美はほとんど泣き出しそうな顔をして言った。

「これまでにも社長から自宅へ呼ばれたことがありますか」

奈美は仕方なさそうにうなずいた。彼女の肯定によって、牛尾が推測した通りの二人の関係を語るに落ちた形である。

「あなたが社長の自宅を訪問したとき、家の中にだれかいた気配はありませんでしたか」

「そんな気配はありませんでした」

「玄関や廊下ですれちがった人はいませんでしたか」

「ありません」

推定犯行時刻から判断して、犯人は発見者が訪ねて来る十数時間前に現場から立ち去った状況である。だが犯行後、なんらかの理由があって室内に留《とど》まっていた可能性もある。発見者が犯人であることも決して珍しくない。犯行は女性にも可能な手口である。だが、犯人が犯行後数時間も現場に留まり、発見者を偽装して届け出る必然性がない。

また中川奈美の様子から、牛尾は彼女が犯人ではないと判断した。

犯行現場は北新宿の一隅で、中野区との境界に近い。バブル崩壊前、地上げ屋が跳梁《ちようりよう》した地域で、将来の地価高騰を予想して地上げした土地が空き地のまま放置され、地域を虫食いだらけにしている。

杉野が入居しているマンションは築二十年で、地域では古い方の部類に属する。

杉野がここに入居したのは最近であり、前の住人から買った。室内は三ＬＤＫの構成で、独身者の住居としては充分すぎるスペースがある。

現場および周辺の観察を終えた捜査員は、検視が終わった死体を改めて観察した。

現場は犯人につながる証拠資料の宝庫であり、死体はその心臓部と言える。犯人からこぼれ落ちたどんな微物でも見過ごせない。

綿密な観察を終えて、死体は解剖のために運び出されることになった。

牛尾が死体が横たわっていた床の上から、なにかつまみ上げた。

「なにかありましたか」

相棒の青柳《あおやぎ》刑事が牛尾の指先に視線を向けた。

「こんなものが落ちていたよ。被害者《ガイシャ》のものかな」

牛尾の指先は小さな紙片をつまんでいる。

「タクシーのレシートのようですね」

青柳が言った。

紙片には領収書、五月二十一日、料金二千七百七十円、車番八〇二一、亀の子タクシー株式会社、世田谷営、電話番号の文字が打刻されている。

「これはまさしくタクシーの領収書だよ。死体の下敷きになっていたところを見ると、犯行時、あるいは犯行前に床の上に落ちたのだろう」

念のために中川奈美にレシートを見せたところ、彼女は被害者宅までタクシーで来たが、レシートはもらわなかったと答えた。また、そのタクシーも亀の子タクシーではなかったと答えた。

亀の子タクシーは屋根の上に亀の標識が載っているので、すぐに見分けられる。

早速、亀の子タクシー世田谷営業所に照会された。車番から件《くだん》のレシートを発行した運転手が割り出された。

亀の子タクシー世田谷営業所は経堂《きょうどう》にあった。小田急線経堂駅と千歳船橋駅のちょうど中間の線路沿いに車庫があり、十数台の車が停《と》まっている。

二階建ての建物の一階は無線のオペレータールームや、無線待ちの運転手の待機室になっており、二階が運転手の仮眠室になっているらしい。帰って来るタクシーもあれば、これから出庫して行く車もある。

まだ新入りなのであろうか、助手席に同乗した指導員の指示に従って、ブレーキペダル、ブレーキレバー、ハンドル、クラクション、ライト、バックライト、点滅灯などの確認をして出庫して行く車もある。

あらかじめ約束を取りつけておいたので、牛尾と青柳が赴《おもむ》くと、当該の領収書を発行した車番八〇二一の運転手が営業所で待っていた。中年の気のよさそうな男である。

「お仕事中お邪魔して申し訳ありませんな」

牛尾は丁重に相手の協力を感謝した。

「いえ、どうせ昼飯に帰って来ますから」

運転手はにこりと笑った。前歯の間がすけていて、おどけたような表情になった。

「あまりお手間を取らせてもいけません。早速ですが、この領収書はあなたが発行したものですね」

牛尾は現場から保存した領収書を示した。

「ああ、車番は私の車です。この日は私が乗務していましたから、私が出したレシートですね」

運転手はうなずいた。

「このレシートを出した客をおぼえていませんか」

「ちょっと待ってください。当日の運転日報を見てみましょう」

運転手は事務室の方へ行って、書類のファイルを持って来た。ファイル表紙には「運転日報」と書いてある。

彼はファイルを繰って、当日の記録用紙を捜し出した。日報には点検、メーター、出庫時間、帰庫時間、客の回数、回数別の人数、乗車地、降車地、乗車時間、メーター料金、チケットの有無などの欄がある。

「ああ、これですね。当日二十七回目の客で、料金二千七百七十円となっています」

「ありましたか」

牛尾と青柳は運転手が示した運転日報を覗《のぞ》き込んだ。

「乗車地は赤坂のロイヤルホテル、降車地は北新宿四丁目、人数は一人ですね」

「そうです。その客です。その客について、なにかおぼえていますか」

「このお客さんならおぼえていますよ。三十代半ばかな、細身で背が高く、無口な男の人でした。行き先を告げただけで、ほとんど口をききませんでした」

「顔はおぼえていますか」

「乗り降りするとき、ちらりと顔を見ただけでした。薄い色の入ったサングラスをかけていて、あとはバックミラーの死角におりましたのでね」

「もう一度見たらおもいだしますか」

「さあ、なんとも言えません。私ら、毎日たくさんのお客に接しますのでね」

運転手は自信なさそうに答えた。

「降車地は北新宿四丁目のエクセス北新宿というマンションの前ではありませんか」

「いえ、近くにマンションのような建て物がいくつか見えましたが、空き地の前で降りました」

「どんな服装でしたか」

「上等な背広を着ていました。黒ずんだ緑、ダークグリーンと言うのかな」

「荷物は持っていましたか」

「いいえ、なにも持っていませんでした」

犯人は鈍器で被害者を殴打している。だが、運転手に見えないように身体《からだ》に隠し持っていたかもしれない。あるいは現場にあった鈍器を用いたかもしれない。

「乗車中、なにか気がついたことはありませんでしたか」

「特にありませんでした。そうそう、降車するとき、メーターを見て、今日はあまりメーターが上がらないなとつぶやいていましたよ。当夜、道路が空《す》いていて効率よく飛ばせましたのでね、普段だとロイヤルホテルから新宿だと軽く三千円は超えてしまいます」

客のつぶやきは、彼がすでに何度か同じ経路をタクシーに乗っていることを暗示するものである。念のために牛尾は、杉野の写真を運転手に示した。

「いいえ、ちがいます。この人ではありませんでした」

運転手は首を横に振った。

さらに牛尾は運転手に、地図によってその乗客が降りた地点を確認した。降車地点はマンションから約五十メートルほど離れている。乗客は運転手に訪問先を隠すために、予防線を張ったとも考えられる。

「レシートは乗客から要求されたのですか」

牛尾は意識に引っかかっていたことを問うた。これから人を殺そうとする者が、タクシーの領収書を求めたことを奇異に感じたのである。

「いいえ、黙って一万円札を差し出しましたので、お釣りと一緒に差し上げました」

運転手から聞き出したことは以上であった。

このタクシー領収書の主が犯人であるかどうか、まだ断定できないが、被害者の生前の訪問者が赤坂のロイヤルホテルから来た事実が確かめられた。

2

杉野勉の死体解剖の結果、検視の第一所見がほぼ裏づけられた。

すなわち死因、頭蓋骨《ずがいこつ》骨折を伴う脳挫傷。ハンマー状の鈍器を立位の検体の後頭部に上から下に振り下ろし、頭蓋骨陥没骨折を伴う脳挫傷により死に至らしめた。

死亡推定時刻は五月二十二日午前零時ごろより三時の間。

防御損傷、抵抗痕跡等認められず。

薬毒物の服用、認められずというものであった。

杉野勉が殺害されたニュースは、町田署の捜査本部を震撼《しんかん》させた。捜査本部のメンバー全員が、やられたと直感した。自殺説に傾いていた部員たちも、犯人に先まわりされたことを悟った。

「棟さん、これで我々が進んでいた方角が正しいことが証明されたわけです。我々の捜査の方角が、犯人に対して脅威をあたえたにちがいない」

ショックを受けながらも、帯広は自信を持った。

杉野に任意同行を求めて、際どいところで仕留め損なったが、捜査本部の動向に脅威をおぼえた犯人は、杉野が口を割る前に、その口を永遠に封じたのである。

杉野に任意同行を求めた際、その不安がないではなかった。だが、犯人がまさかここまでおもいきった挙に出ようとはおもわなかった。

「これで門井純子が自殺ではなく、殺害されたことがはっきりしたとおもいます。杉野が黒幕の指示を受けて純子を殺したか、あるいは犯行に重大な関与をしたのでしょう。犯人はその後、杉野に恐喝されていたと考えられます。仮に恐喝されていなかったとしても、杉野の沈黙を金で購《あがな》おうとしていた黒幕ないし犯人は、杉野に弱味を握られていたわけです。杉野がいる限り、犯人は絶えず怯《おび》えていなければならない。杉野がブーケを買った資金源が犯人であるとすれば、犯人はかなりの経済力の持ち主です。持てる者はそれを失いたくない。持っているものを確保するためにも、犯人にとって杉野は取り除かなければならない存在でした」

帯広は自信を持った。

「杉野が殺された動機を、直ちに門井純子の死に結びつけるのは危険だ。杉野は叩《たた》けば埃《ほこり》の出る体だ。現に発見者が杉野と関係を持っていた女性であるように、多数の女性関係が推測される。犯人は門井純子以外の線から来た可能性も充分に考えられる」

山路が異論を唱えた。

「たしかに門井純子以外の線も考慮すべきではありますが、純子の生前の同行者が杉野であったことはほぼ証明されております。任意同行を要請して間もなく殺害された事実からも、門井純子の線が最も濃厚と考えてよいのではありませんか」

棟居が帯広を支持した。

捜査本部の大勢意見は、門井純子の死因と杉野殺しを関連性ありとしていた。

いまにして任意同行要請後、杉野を放免したことが悔やまれた。たとえ別件であろうと、勾留材料《ヒキネタ》を見つけ出して身柄を確保しておくべきであった。

犯人は杉野が捜査本部から解放された一瞬の隙を的確に衝《つ》いたのである。

3

町田署の捜査本部から連絡を受けた新宿署捜査本部は、色めき立った。

町田署からの連絡によると、被害者は町田署管内の山林中で発見された女性の偽装縊死《いし》疑惑事件の重要参考人として任意同行を求めた七日後に殺されたという。

「こいつはややこしいことになりそうな気配だね」

牛尾は眉《まゆ》を顰《ひそ》めた。

町田署の事件に絡んでいるとなると、事件の根は深く複雑になりそうである。

両捜査本部は情報交換と両事件の関連性の有無を検討するために、新宿署において連絡会議を開いた。

町田署から帯広、棟居、那須班のメンバー、および町田署員が新宿署の捜査本部へやって来た。

帯広や那須班のメンバーは、これまでの捜査で新宿署の牛尾や青柳とはすでに顔馴染《かおなじ》みであった。

連絡会議の雰囲気は緊張していた。新宿署長の挨拶《あいさつ》の後、管理官の司会によって情報交換が進む間に、被害者の死体の下から採取されたタクシー領収書の持ち主の乗車地点がロイヤルホテルと報告されて、町田署から出張して来た捜査員たちは興奮の色を示した。

新宿署が町田署の反応に驚いた。

「門井純子は生前、ロイヤルホテルで杉野と一緒に過ごしておりました。杉野は純子と別れた後、彼女がどこへ行ったか知らないととぼけておりますが、ロイヤルホテルを出た二人が一緒に町田署管内の現場へ赴いたことはほぼ確実視されています」

帯広から説明されて、今度は新宿署の捜査本部員が興奮した。

「すると、犯人はロイヤルホテルになんらかの関わりを持っている人物と考えられますか」

青柳が言った。

「ロイヤルホテルは都心のマンモスホテルだよ。交通の便もよい。たまたま門井と杉野が利用したホテルと、同じホテルから杉野の生前最後の訪問者らしき人物がタクシーに乗車したからといって、犯人が同ホテルに関わりを持っているとは言えないよ」

牛尾が若い同僚の勇み足を掣肘《せいちゅう》するように言った。

「ロイヤルホテルは、湯川陽一の議員宿舎や彼の事務所それにかつてのマノンから目と鼻の先の距離ですね」

棟居が発言した。

「湯川と佐山はすでに門井純子の死因とは無関係と断定されたのではなかったのかね」

町田署から彼らに同行して来た那須が言った。

門井と、湯川および佐山の間にはなんのつながりも発見されず、また二人は門井に対して動機がなく、無関係と断定されたのである。

「そうですが、門井純子はＶＩＰ専用の高級コールガールでした。ホテルは政界や財界の要人にも地の利がよく、マノンも至近距離にありました。どうもそのことが気になります」

「仮に関わりがあるとしても、タクシーの素性不明の乗客では、雲をつかむような話になるなあ」

那須の目が宙を泳いだ。

「もしレシートの主が犯人であるとするなら、これから人を殺しに行くというのにレシートをもらったのは、犯人の心理に矛盾するような気がしますが」

帯広が言った。

「その点は私も不審におもって、運転手に聞きましたところ、乗客が一万円札を差し出したので、釣り銭と一緒にレシートを切ったと言っていました」

牛尾が答えた。

「タクシー運転手の証言によって、この乗客の似顔絵を作成できませんか」

帯広が提言した。

「地引運転手の印象が薄くて、似顔絵を作成するだけの資料が不足しています。三十代半ば、細身、長身、薄い色の入ったサングラスをかけている男というだけでは、似顔絵が描けません」

「ただいま地引とおっしゃいましたか」

帯広が愕然《がくぜん》として牛尾に聞き直した。

「はい、地引という亀の子タクシー世田谷営業所の運転手です。それがなにか……」

「もし同じ人物なら、私の知り合いです」

「五十前後から五十代前半、丸顔で前歯がすけています」

「まちがいありません。私の知り合いの地引さんです」

「それは奇遇ですね。帯広さんの知り合いが容疑者を乗せたとなると、因縁を感じます。帯広さんが地引運転手に直接聞けば、またなにかおもいだすかもしれませんね」

牛尾が言った。

刑事は自分が調べたことを後から掘り返されるのを嫌う。牛尾の言葉はフェアであり、好意的であった。

「有り難うございます。差し支えなかったら、今度、同行させてください」

帯広は牛尾の好意を喜んだ。

べつに同行しなくともコロポックルに行けば会える常連であるが、牛尾の好意に対して、それなりの仁義は通さなければならない。

連絡会議によって結論は出されなかったが、会議の大勢としては、両事件の関連性は極めて濃厚と見る傾きであった。

連絡会議においては今後、両捜査本部は連絡を密にして、共助捜査に準ずる態勢で捜査を進めることに意見が一致した。

連絡会議の翌日、帯広は牛尾に同行して営業所に地引に会いに行った。地引も奇遇に驚いた。

「帯広さんの担当する事件に関わる乗客とは知りませんでした。そうとわかっていれば、もっと注意していればよかったなあ」

地引は言った。

「それは無理でしょう。一種の超能力でもない限り」

帯広は苦笑して、

「ところで、その乗客についてもっと詳しくおもいだしてもらいたいのですが、ホテルから乗り込んだとき、ホテルのどこから乗り込んだのですか」

と問うた。

ロイヤルホテルには宿泊と宴会場出入口のほかに、レストラン口や従業員の通用口がある。タクシーが客待ちをしているのは二階のフロントロビーに通ずる正面玄関と、一階の宴会場出入口である。

「二階の正面玄関でしたよ」

地引は牛尾がいるので、他人行儀の言葉遣いをした。

「無線で呼ばれたのではないでしょうね」

「いいえ、ちょうど客が絶えていたところに、その乗客が玄関から出て来たのです」

「そのとき同行者はいませんでしたか」

「一人でした」

帯広は牛尾に気を遣いながら質問した。だが、牛尾はまったく意に介していないようである。

「乗り降りするとき、ちらりと顔を見ただけだそうですが、最初から面を背けて、バックミラーの死角に位置するように座ったのですか」

「そう言われてみれば、最初から顔を背けているように見えましたね」

「あなたの方からなにか話しかけましたか」

「新宿の方へやってくれと言葉少なに言われて、なんとなく話しにくい雰囲気でしたので、話しかけませんでした」

「新宿だけでは漠然としていますが、行き先をはっきりと告げなかったのですか」

「新宿駅に近づくと、その角を右とか左というふうに指示されました。下車した空き地の前にさしかかったところで、停車するように言われました」

「つまり、マンションの名前ははっきりと告げなかったのですね」

「告げませんでした」

「乗っている間、なにか異常な行動や気配は感じませんでしたか」

「べつに感じませんでした。陰気な雰囲気の客だなとはおもいましたが」

「酒を飲んでいたような気配はありませんでしたか」

「特に気がつきませんでした」

「乗車中、携帯電話でだれかと話しませんでしたか」

地引がはっとした表情をして、

「そうそう、ちょうど大ガードを潜《くぐ》った辺りで、携帯のベルが鳴りまして、お客さんが応答していました。ちょうどガードを電車が走っていてよく聞き取れませんでしたが、ひさ、こさんと相手の名前を呼んでいたような気がします。後から電話するというようなことを言って、すぐに電話を切りました」

「ひ、ひさこと言ったのですか」

「たしかそんなように聞こえましたが、もしかすると、ひさおか、もしれません」

「どんな口調でしたか」

「大変丁寧な話し方だったようにおもいます」

これは新たな聞き込みである。

「相手は女性のようでしたか」

「女に対して話をしているような口調でした」

地引に会った帰途、帯広は、

「差し出がましいことをいたしまして、まことにすみません」

と牛尾に謝った。

「とんでもない。帯広さんのおかげで、新しい聞き込みが得られましたよ。被害者の最後の訪問者の身辺には、ひさことという女性らしき人物がいます。これは重大な情報です」

牛尾は嬉《うれ》しげに言った。

捜査は常道を踏んで、被害者の人間関係から進められた。だが、これがまことに茫漠《ぼうばく》としていた。

被害者はすでに町田署捜査本部重要参考人として、その身上が洗われている。

ブーケを買う前はスタッグを経営し、それ以前は赤坂のマノンにいたことがわかっている。だが、マノン時代の人間は八方に散っている。スタッグではデートクラブのようなことをしていて、そこに集まって来た客や女性たちは素性を秘匿《ひとく》している。

中川奈美はスタッグの女性の一人であったが、杉野については詳しいことはなにも知らなかった。

奈美は二十四歳の元ＯＬであるが、友人から聞いてスタッグの存在を知り、店に来るようになったという。杉野とは一ヵ月ほど前に関係を持ったばかりで、べつに要求したわけではないが、一回の交際で五万円ほど金をくれたそうである。

スタッグの女たちの間には横の交流はない。いずれも友達から口コミで、遊ぶ金に窮した女性たちが手軽にスタッグへやって来た。

杉野が面接して〝採用〟が決まると、店に屯《たむろ》していて、客のリクエストに応じ一時間三万円でデートする。デートの内容は客と女性の自由に委《ゆだ》ねるというシステムである。店は客と女性からそれぞれ飲料代という名目で五千円取る。店は客と女性のデートについてはなんら関知しないという建前である。

湯川と佐山に再度事情が聴かれたが、マノン時代に何度か遊びに行って、杉野と顔馴染みとなり、スタッグを開いたと聞いて、時折顔を出していたという程度のつながりであった。

「いいかげんにしてもらいたい。村野弘美の一件は、身から出た錆《さび》で弁明の余地もないが、杉野や門井純子の死にはなんの関係もない。そんなことで聴きに来られるだけで、大いに迷惑だよ。スタッグには弘美に連れられて二、三度行っただけだ。杉野とはほとんど言葉も交わしていない」

湯川がうんざりした口調で答えた。

村野弘美とのスキャンダルですっかりミソをつけてしまった湯川は、次の選挙では落選必至である。

佐山は未決勾留中であり杉野が殺されたことを、弁護士から伝え聞いて知っていた。

「もし私を疑っているんだったら、お門ちがいですね。湯川から馘《くび》にされた私が、いまさら杉野を殺して、なんの得になるんですか。第一、勾留中の私に殺せるわけもない。杉野を操っていた黒幕は私や湯川なんかじゃありませんよ。マノンには外国からの超VIPも来ていました。それに侍《はべ》る女性の調達係が杉野だったのです。門井純子も杉野に調達された一人だったのでしょう。杉野はお偉方の恥部を知りすぎたのですよ」

「そのお偉方について、心当たりはないかね」

佐山の聴取に当たった牛尾が問うた。

「我々下っ端には、そんな心当たりなんかありません。私らは恥部に群れ集まったハエのようなものですから」

佐山は自嘲《じちょう》の笑いを刻んだ。

新宿署の捜査本部も、町田署から寄せられた情報に基づいて湯川と佐山を一応当たったが、彼らは事件に関係なしと見ていた。

性的なスキャンダルを暴露されて失脚した彼らに、新たな殺人を犯す理由はない。またそのパワーも残されていない。彼らは町田署捜査本部の排泄物《はいせつぶつ》と言えた。

「お偉方の恥部に群がるハエか。うまいことを言うもんだね」

佐山に会った帰途、牛尾は感心した。

「ハエは追い払えますが、お偉方の恥部を知りすぎた杉野が口を封じられたとすれば、犯人はお偉方の線ということになりますが」

同行した青柳が言った。

「この事件はなにが出てくるかわからんよ。帯広刑事は定年を延長して捜査に異常な執念を燃やしている。帯広さんの捜査が核心に近づいて来たので、犯人に脅威をあたえたんだな」

「杉野自身が恥部そのものになっていたのではありませんか」

「彼が恥部そのものにね。しかし、杉野を消したところで、恥部が取り除けるわけではあるまい。ますます恥部が深く腐っていく」

「門井純子が妊娠したのは、恥部の種ということになりますか」

「子供に責任はない。恥部の種などと言っては、幼い生命に対して失礼だよ」

牛尾がたしなめるように言った。

「すみません。恥部を告発する怒りの種でしょうか。もしかすると胎児を殺した犯人は、その父親かもしれない。そんな父親を胎児は怒り、恥じているかもしれませんね」

「そうだよ。恥部の種子ではなく、胎児の恥が犯人かもしれない」

二人はやりきれなさそうに顔を見合わせた。

砂漠の道連れ

1

　連絡会議の後、帯広と棟居はブーケの元経営者、桐島靖子を訪ねた。彼女は現在、西麻布のマンションに悠々自適の暮らしをしている。

　通されたリビングの窓から東京タワーがよく見えた。東京に憧《あこが》れる地方少女の最大の夢が、東京タワーの見える家に住むことであると、帯広は聞いたことがある。

　二人そろって靖子に会うのは二度目であった。ブーケで初めて会ったとき、粋な和服を着こなし、アダルトな色気を全身にまぶしていたママが、平凡な中年女に還元している。

　単に化粧を落とし、なんの面白味もない部屋着をまとったというだけではない。大勢の女の子たちを手足のように動かし、自ら主たる戦力となって演出した媚《こび》を商品として客に提供していた張りを失い、あたかも空気の抜けた風船のようになってしまっている。

　夜の店は彼女にとって戦場であった。厳しく武装して、客に侍《はべ》るのが生き甲斐《がい》であった。

その生き甲斐を失い、夜の戦士からただの中年女に還《かえ》ってしまったのである。

「その節はお世話になりました。今日はご自宅にまでお邪魔して申し訳ございません」

帯広は低姿勢に詫《わ》びた。

「どうぞどうぞ。毎日、時間をもてあましていますの。お客様、大歓迎よ」

靖子は飲み物や菓子を出して、二人をもてなした。

「どうぞおかまいなく。仕事ですので」

二人は恐縮した。

「そんなことおっしゃらないでください。もっとも、忙しい刑事さんが、お仕事でもなければ私のところへなんかお見えにならないでしょうね」

靖子は寂しげに笑った。

豪勢な億ションの中の最も居心地よいスペースをたっぷりと取って、女一人、悠々と生きているようであるが、インテリア、家具、調度等、すべてに金がかけられているのがわかっても、侘《わび》しさは覆いようがない。

二人の刑事の目には、彼女が死ぬための用意をしているように見えた。

「実は本日おうかがいいたしましたのは、以前、ブーケにいた門井純子さんの件です」

帯広が切り出した。

「あら、純子さんのことならば、すでに申し上げましたわ」

靖子は言った。

「いえ、前回お聴きしたこととはちょっとちがう情報が入りましたので、桐島さんから確かめたいとおもいましてね」

「ちがう情報と申しますと……？」

靖子の表情に不審の色が刷《は》かれた。

「門井さんは雑誌の求人広告を見てブーケに応募して来たということでしたが、大安運送の前社長、安田昌子さんの紹介という話を聞きました。それは事実でしょうか」

帯広と棟居は靖子の面を凝視した。

一呼吸おいた靖子は、

「刑事さんの耳に入ったのでは、いまさら隠しても仕方ないわね。純子さんも亡くなったことだし、私ももうブーケのママではないから時効と考えていいでしょう。その通りよ。昌子から頼まれたの」

「当初、私たちがブーケに訪ねて行ったとき、なぜそのように話してくださらなかったのですか。べつに隠すことではないとおもいますが」

「昌子、あんな死に方をしたでしょう。昌子との関係を聞かれるのが煩《わずら》わしかったのよ」

「安田昌子さんとは、どんなご関係だったのですか」

「昌子は私の妹なの」

「妹⁉」

「結婚して姓はちがっているけれど、実の姉妹なのよ」

「そうだったのですか。それでは安田さんから門井純子さんを紹介されるにあたって、安田さんと門井さんの関係を聞きましたか」

「時岡先生から頼まれたと言っていたわ」

「と、ときおか先生？」

「ほら、民友党の時岡為二よ。純子ちゃん、ブーケに来る前は赤坂のマノンにいたということだけれど、そのころ時岡先生となにか曰《いわ》くがありそうだったわ。マノンが潰《つぶ》れちゃって行き場を失っていた純子ちゃんを、時岡先生が昌子に頼んでブーケに連れて来たのよ」

「時岡氏と安田昌子さんとはどんなご関係だったのですか」

「時岡先生と死んだ昌子の旦那が大学の同期とかで、時岡先生が陣笠《じんがさ》時代からもちつもたれつの関係だったの。昌子の旦那が社長時代から、大安運送は時岡先生の選挙資金を賄《まかな》っていたそうだわ。大安運送が大手にのし上がれたのも、時岡先生の引きがあったからよ。昌子の旦那が死んで昌子が社長になってからも、大安運送は時岡先生の有力な資金源の一つだったの。そうそう、昌子に湯川陽一を紹介したのも時岡先生よ」

「なるほど、そういうご関係だったのですか」

帯広はうなずいた。

菊川が、湯川が運輸省の高官時代、安田昌子とのスキャンダルを政府の大物の庇護《ひご》を受けて秘匿《ひとく》されたと語っていたが、その政治家が時岡であったのであろう。

時岡としても、自分の一の子分と、有力な資金源である女社長とのスキャンダルが露見しては大いにまずい。そこで、それを嗅《か》ぎつけた菊川に圧力をかけて、記事を差し止めたというところであろう。

桐島靖子の口から、門井純子の背後にどうやら時岡為二がいたらしい気配が立ち昇ってきた。

靖子と大安運送の女社長が実の姉妹であったことも、意外な聞き込みである。

「時岡氏と門井純子さんはマノンで知り合ったのでしょうか」

「たぶんそうでしょうね。時岡先生はマノンの隠れた常連だったらしいから」

靖子が意味深長な笑みを含んだ。その表情はブーケのママに返っている。

「マノンはお偉方にずいぶん贔屓《ひいき》にされていたらしいですね」

「マノンがなくなって、皆さん、ずいぶん不便をしていらっしゃるようよ」

靖子の口辺に刻まれた笑みは、ますます深長な意味を含んでいる。

「それほど繁盛していたマノンが、どうして潰れちゃったのですか」

その種の店が有名になってくると必然的に消滅の運命にある。

「あら、ご存じなかったの」

靖子が少し意外そうな表情をした。

「なにかあったのですか」

「もっともこれは業界の限られた人しか知らないことらしいけれど、マノンのママ岸辺《きしべ》百合子《ゆりこ》が心中しちゃったのよ」

靖子は周囲に立ち聞きする者もいないのに、声を潜めるようにした。

「心中？」

「ママがね、運輸省の役人と懇《ねんご》ろになって、上高地で心中しちゃったのよ。相手の男は薬が効かず生き残って、ママだけが死んじゃったのよ。時岡先生が必死に事件をもみ消して、ママの病死ということにしたのよ」

「時岡氏はなぜ事件をもみ消したのですか」

「マノンのママは時岡先生のこれだったのよ」

桐島靖子は拳《こぶし》をつくり、小指だけ上げてみせ、

「心中相手も時岡先生の当時の運輸省のシンパだったらしいわ。時岡先生にしてみれば、彼女とシンパが心中したとあっては面目丸潰れでしょ。まして死に損なった心中パートナーは、時岡先生の弱味をがっちりと握っている運輸省のエリートよ。心中の片割れが警察に取り調べられてべらべらしゃべりまくっては、時岡先生の政治生命にも影響するかもしれないわ。時岡先生だけではなく、マノンを利用していたお偉方の首が並んで吹っ飛びかねないわ。そこで時岡先生やマノンの常連が、寄ってたかってもみ消したというわけよ」

「なるほど、そんな裏の事情が隠されていたのですね」

「私の口から聞いたということは黙っていてくださいね。見ざる聞かざる言わざる、これが私たち業界の三原則なの。でもマノンのママは死んじゃったし、マノンももうないし、それに……」

と言いかけて、靖子は口をつぐんだ。

「それに、なんですか」

「いえ、なんでもないわ」

靖子はなぜか言葉を濁らせた。

「時岡氏のシンパという生き残った心中パートナーは、どうなりましたか」

「運輸省を辞めたと聞いたけれど、それから先どうなったか知らないわ」

意外な事実を靖子から聞いて、帯広は似たような話があるものだとおもった。

稲葉はかつて中央官庁のエリートであり、クラブのママと不倫の恋に追いつめられて、上高地で心中したという。女性だけが死んで、稲葉一人が生き残ったと聞いた。

もしかしたらマノンのママの心中パートナーは、稲葉ではないのか。帯広のおもわくが脹《ふく》れてきた。

桐島靖子の口から時岡為二の名前が挙がり、にわかにその存在がクローズアップされてきた。

これまで時岡は湯川陽一の親分として、その名前を耳に入れていただけで、事件の関係人物リストには加えていなかった。

だが、マノンの常連であり、そのママの隠れたスポンサーであり、門井純子とも曰くがあるとあっては、リストの最右翼を占めるべき人物であった。

語り終えた靖子は、平凡な中年女に還元した。

「時岡為二がマノンの隠れたスポンサーとは、意外でしたね」

桐島靖子の家からの帰途、棟居が言った。

「考えてみれば、べつに意外でもありません。湯川の親分の時岡がマノンに出入りしていたことは、当然考えるべきでしたよ。時岡為二と門井純子か……あり得べき関係ですね」

帯広が宙を睨《にら》んだ。

「それにしても、桐島靖子は三ざる原則に違反して、よくしゃべりましたね」

棟居が反芻《はんすう》するように言った。

「時効時効としきりに言っていましたな」

「それに、と言いかけて語尾を濁らせた先が気になります。もしかしたら彼女……」

棟居の目が宙を探って、

「彼女、先が長くないんじゃないかな」

「そう言えば癌《がん》だという噂《うわさ》がありましたよ」

帯広は尾花藤江から聞いた話をおもいだした。

「そうか、やっぱり。彼女、きっと自分の寿命を刻まれているのでしょう。死ねば法律だけではなく、憂き世のしがらみがすべて時効になります。口の堅い業界の女がにわかに顎《あご》が軟らかく（よくしゃべる）なったのは、自分の余命があまり長くないことを知っていたからなんでしょう」

棟居に言われて、靖子がブーケ時代の張りを失い、萎《しな》びた風船のように感じられたのは、生き甲斐を失ったからではなく、死相が漂っていたせいであったかもしれないとおもった。

「時岡為二の身辺に、ひさことという人物を探してみてはどうでしょうか」

棟居がふとおもいついたように言った。

「時岡の身辺にひさこを……」

帯広は棟居の言葉が示唆《しさ》する重大な意味におもいあたって、はっとした。

「杉野と時岡には直接のつながりは見つかっていません。しかし、マノン時代に二人が出会っていることは確かでしょう。マノンのママが時岡の愛人であれば、杉野は当然、事情を知っていたはずです。時岡の身辺にひさこという人物がいれば、杉野の生前最後の訪問者は時岡と関わりを持っていることになります」

これまでの捜査では、杉野の人脈にひさこという人間は発見されていない。また地引が乗せた領収書の主は、年齢や身体の特徴が明らかに時岡ではない。となると、時岡の身辺からひさこを探せば、意外な近道となるかもしれない。

トンネルの一方に進路が見いだせないので、反対側から突破口を探そうという作戦である。

両側から掘り進めるトンネルが、途中で出合うという保証はない。あるいは見当ちがいになるかもしれない。

だが、門井純子の関係人物リストの最右翼に初登場した時岡為二を、出口の見えないトンネルの反対側に設定するのは、あながち見当ちがいではない。

2

帯広はコロポックルに稲葉に会いに行った。稲葉の住所は聞いていなかったので、コロポックルに伝言を残した。稲葉は指定した時間にすでに店に来て、待っていた。

「毎日が日曜日のようなものですから」

と稲葉は自嘲《じちょう》するように笑った。

現在は近くの小さな運送会社の経理を見ていると聞いている。常連の姿は見えない。常連の来ないような時間帯を測って約束《アポイントメント》を取った。

「いやなことをおもいださせて申し訳ありませんが、先日お話をされた心中の相手は、マノンのママではありませんか」

帯広は単刀直入に聞いた。

「お耳に入りましたか。あえて死者の名前を出すことはないとおもいまして、申し上げませんでしたが、その通りです」

稲葉はうなずいた。

「すると、あなたはその当時、時岡為二氏とご昵懇《じっこん》だったのですね」

「いまの民友党代議士湯川陽一と同期入省で、当時運輸大臣であった時岡氏の秘書官を務めておりました。議会での大臣答弁書をよく作成しましたよ」

「その当時、門井純子さんはマノンにいたのでしょう」

「いました。時どき大臣の供をしてマノンへ行ったとき、ママと一緒に大臣の席につきましたよ。しかし、ママは時岡氏の愛人でしたから、彼と門井さんがママの目を盗んで親しい関係にあったとはおもいませんでした」

稲葉は帯広の質問を先読みして答えた。

「時岡氏の身辺に、三十前後から三十代半ば、細身の長身の男に心当たりはありませんか」

「さあ、そのように言われてても、すぐにはおもい当たりませんね。あの事件で役所を辞めてからは、時岡氏とは没交渉ですし、三十代半ば、細身、長身という程度の特徴では漠然としています」

「それでは、ひさことという名前には心当たりはありませんか」

「ひさこ……女性ですか」

「女性のような感じですが、ひさ、ひさおかもしれません」

「ちょっとおもい当たりません」

「当時、マノンは政財界の要人専用のコールガール斡旋《あつせん》機関だという噂がありましたが、マノンのママからそんな話を聞いたことはありませんか」

帯広は核心に切り込んだ。

「私の口からは言いにくかったので黙っていましたが、マノンは要人たちの女性調達機関でした。要人たちも人間で、下半身の欲望の処理には悩んでいます。地位と名前があるだけに、性的なスキャンダルは命取りになります。議員の女性関係は公安関係がたいてい握っていますが、これは同じ穴の狢《むじな》と言えますから、表沙汰《おもてざた》になることはありません。怖いのはマスコミに洩《も》れることです。要人のセックスパートナーとして最も重要な条件は、安全性です。手軽なところで秘書に手をつけますが、秘書は居直って家庭争議の因《もと》になりやすいのが欠点です。

結局、プロの女性ということになりますが、その点、マノンは安全で、要人たちにとっては重宝なエージェントでした。マノンに集まる人間はみな一種の共犯者ですから、信頼できました。またマノンは日本の要人だけではなく、海外の要人の接待機関として重宝な存在でした。各国の大統領や元首クラスのＶＩＰから密《ひそ》かに要望があったときは、マノンから女性を手当てしていました。このことは歴代の官房長官と公安関係の秘密になっています。

時岡為二が与党第二派閥を築き上げたのも、マノンの陰の功績ですよ。マノンのママ岸辺百合子を愛人にして、時岡は要人たちの下半身をがっちりと握っていたのです。岸辺百合子は時岡の秘密兵器でした。その秘密兵器と私が通じて、心中をしてしまったのですから、時岡以下、各界の要人たちは震撼《しんかん》しました。岸辺百合子が死に私が生き残ったので、要人たちは寄ってたかって事件をもみ消したのです。

岸辺百合子の死と共にマノンはなくなりましたが、斡旋機関は秘密裡《ひみつり》に存続していると噂に聞きました。しかし、その真偽のほどは確かめていません」

マノンは杉野によってスタッグに引き継がれ、存続していたが、その規模はマノン時代よりもはるかに縮小されてしまったようである。

一つは岸辺百合子の心中事件によって肝を冷やした要人たちが、自粛したせいであろう。

稲葉がレースからおりたのは、心中に死に損なったという負い目だけではなく、セックス絡みの権力社会の腐蝕の構造に嫌気がさしたせいかもしれない。

稲葉から話を聞き終わったところに、地引が入って来た。

「やっぱりいましたね。においがしましたよ」

地引が嬉《うれ》しそうに言った。

「刑事のにおいがしましたか」

「常連のにおいですよ。それとも道連れのにおいかな。砂漠の旅人の道連れのにおい」

「いいことを言ってくれますね。砂漠を一人で旅するのはやりきれない。道連れがいるのは心強いですよ」

帯広は心からそうおもった。その道連れに助けられて、定年を延長して捜査をつづけている。

「先日のレシートの主はわかりましたか」

「それが、まだなんですよ」

帯広は少し面目ないおもいで頭をかいた。

「レシートの主とは、なんのことですか。こんなことを聞いていいのかな」

稲葉が帯広と地引の会話に加わった。

帯広が杉野が殺された現場で発見されたレシートの経緯を話すと、稲葉ははっとしたように、

「地引さん、ロイヤルホテルからその客を乗せたと言いましたね」

と地引の方に姿勢を向けた。地引がうなずくと、

「関係あるかどうかわかりませんが、時岡為二の事務所はロイヤルホテルの中にありますよ」

「なんですって」

帯広は愕然《がくぜん》として稲葉と向かい合った。

「ロイヤルホテルには宿泊部門と、長期契約のアパート部門があります。そのアパートに時岡事務所は入居しています」

これは重大な情報である。国会議員は議事堂裏にある議員会館にそれぞれ事務所をあたえられているが、これ以外に要路の政治家は独自の事務所を構え、私設の秘書団を抱えている。時岡の事務所がロイヤルホテル内にあるとは、盲点であった。

地引の乗客がロイヤルホテルから乗ったといっても、時岡事務所から来たとは限らない。だが、杉野と門井純子が最後のデートをした場所からレシートの主が乗車し、しかも同じ場所に時岡事務所が入居しているという符合は見過ごせない。

帯広はまた一歩、時岡に近づいたとおもった。

「時岡の秘書団に三十前後から三十代半ば、細身、長身の男はいませんか」

帯広は稲葉に問うた。

「現在の秘書団については知りません。しかし、その歳《とし》ごろの体力とスタミナがある秘書は数多く必要なので、いるかもしれませんね」

「政治の方面には疎《うと》いのですが、どんな人間が秘書になるのですか」

「秘書には大きく分けて国から給料が支払われる公設秘書と、議員が独自に雇う私設秘書があります。公設秘書は議員一人に二人付きますが、私設秘書は議員の地位や実力によって人数もまちまちです。またそれぞれの役目別に政策や政務、庶務担当の秘書に分かれます。要路の政治家の大物秘書になると代議士の金脈を握り、陣笠数人分の実力を持つほどです。

まあ、このような大物秘書はごく限られた一部で、たいていは雑用係で、議員の使い捨てです。議員秘書の大多数は議員の親戚《しんせき》か、選挙区の支持者の息子ですね。たまには女房や娘を秘書にして、給料を浮かしている者もいます。議員の秘書は激務ですからね、体力がないと務まりません。給料は安いし、おおかたが大学は出たけれど、就職先のない連中が秘書でもやろうかと、コネを手繰《たぐ》ってなったでもしか秘書ですよ」

「意外ですねえ。議員の秘書と言えば華やかで、給料もよく、希望者が殺到しているとおもいました」

「おやじ（議員）の権力と金脈を握った実力秘書は、ほんの一握りです。おやじに都合の悪いことがあれば、秘書がしたことで関知しないと、トカゲの尻尾《しっぽ》として切り離されてしまいます」

時岡為二の事務所がロイヤルホテル内にあるという情報は、捜査本部で論議の的となった。

3

案の定、山路は時岡と門井純子のつながりが確認されない限り、彼の事務所がロイヤルホテルにあっても事件になんの影響もあたえないと消極論を唱えたが、マノンのママが時岡の愛人であったという桐島情報は、時岡をマークすべきであるという雰囲気に傾けた。

時岡の浮上に、捜査本部は緊張していた。時岡為二は与党の超大物である。六十二歳、当選九回、前国鉄の出身で、駅長の経験もある。党幹事長、政調会長を務めて、族議員を束《しゅう》ね、通産大臣、運輸大臣を歴任した。現在党総務局長、与党第二位派閥の時岡派の領《りょう》袖《しゅう》である。

エネルギッシュな行動派であり、奇略縦横の寝業師《ねわざし》と言われる。財界主流とのパイプも太く、資金源は豊富である。運輸族議員の大ボスであり、陰の運輸大臣と陰口をきかれるほどの実力者である。

戦後の一大航空機疑惑、ロッキード事件では灰色高官と呼ばれたが、その後失脚もせず、しぶとく生き残り、与党第二位派閥、川村派の事実上の後継者となり、政権も射程に入れている。

従来、建設、農林、通産の三省が議員の人気を集め、この三省と結びつきの深い議員を族御三家と呼んだ。だが、ロッキード事件によって図らずも運輸族の暗躍が前面に押し出されてしまった。

運輸省の許認可権が全省庁を通じて最も多く、これが族の暗躍する温床となって、総理大臣すら無視できない運輸族の集団パワーを発揮させている。その中核に座っているのが時岡であった。

時岡為二ともなると閣僚以上に実力を擁《よう》し、政権の要素と言ってもよいほどの影響力を持っている。

運輸行政と警察の結びつきは深く、警察官がかなり運輸会社に天下っている。運輸族の大ボスである時岡に捜査本部が目をつけたと知られたら、どんな圧力をかけられるかわからない。

捜査一課長は収集した情報と資料を総合判断して、時岡為二の身辺調査を英断した。

捜査にはくれぐれも慎重を期すようにと本部長から念を押され、捜査の的は時岡に絞られたのである。

まずレシートの主を求めて、時岡の秘書団が探られた。与党の議員は東京と地元の事務所に、平均十人前後の秘書を抱えているが、時岡は計三十七名の秘書団を擁している。筆頭秘書は大曾根《おおそね》一夫《かずお》、五十四歳で、金庫番と呼ばれる資金担当である。彼はロイヤルホテルの東京事務所に常駐している。

また地元には国家老《くにがろう》と呼ばれる伊藤公平《いとうこうへい》、六十一歳が控えている。

彼らの下に三十五名の担当秘書がいるが、女性は四名である。平均年齢二十八歳と、他の議員の秘書団に比べて若い。

秘書団の中で、帯広がマークしたのは時岡秀信《ひでのぶ》、三十三歳である。彼は時岡為二の長男で、都内の一流私大を卒業後、大手テレビ局に入社したが、四年前に退社して父親の秘書となった。

時岡としては自分の地盤の後継者として西の丸（次期将軍候補の居所）入りさせたのである。

身長百八十一、体重七十キロのスリムな身体《からだ》は、学生時代、スキーとテニスで鍛えたものである。独身であり、学生時代からプレイボーイで鳴らした。

卒業時の異性体験数のアンケートに三百十五人と答えた記録は、いまだに破られていないそうである。最近まで女友達の数は、手の指どころか足の指を使っても数え切れないと豪語していた。

だが、テレビ局を辞めて西の丸入りしてから、女性関係は慎むようになった。父親から華やかな女性関係は選挙で婦人票を失うと厳しく戒められたからである。

最近、財界総理と呼ばれる元菱井《ひしい》銀行頭取、鶴岡銀次郎《つるおかぎんじろう》の紹介で、墨倉《すみくら》財閥の総帥、墨倉雅彦《まさひこ》の次女日左子《ひさこ》と婚約が整い、この秋挙式の予定となっている。ここに杉野の生前最後の客が携帯電話で呼びかけた「ひさこ」がいた。この結婚は時岡為二の政権を睨《にら》んでの政治資金源を一層強固なものとするだろう。

またグローバルな商圏拡大を狙っている墨倉財閥としても、次期政権担当者の最有力候補時岡と結ぶことは大きなメリットがある。典型的な政略、商略結婚であるが、見合いで日左子の美貌《びぼう》に一目惚《ひとめぼ》れした秀信が、大乗り気であるという。

この秀信の身体特徴が地引の乗客に該当していた。マスコミに公表されている秀信の写真を地引に見せたところ、似ているようだが、たしかに同一人物かどうか自信が持てないと答えた。

時岡為二の秘書団に三十前後から三十代半ばの者は十八名いた。このうち東京事務所に勤務している者は八名である。八名のうち年齢、特徴等が最も近いのが秀信であった。

秀信と門井純子との間に個人的なつながりが発見されれば、容疑はぐんと煮つめられる。

町田署と新宿署は再度連絡会議を開いて、時岡秀信の容疑性を掘り下げることに意見の一致を見た。

4

尾花藤江に問い合わせたところ、彼女が入店以来、時岡秀信はブーケに一度も来たことがないということである。

再度、桐島靖子に当たったところ、ブーケ開店以来、時岡秀信も父親もブーケに現われたことはないと答えた。

ブーケにおいては門井純子と時岡秀信の接点はない。すると、マノン時代ということになる。

佐山勝行に聞き込みの触手が伸びた。

「時岡先生の御曹司《おんぞうし》ねえ、何度かマノンにご一緒したことがありますよ。門井純子が席についたかどうかよくおぼえていません。そんな大きな店ではなかったから、店に行けば一度や二度は席についたことがあるでしょうね」

と佐山は語った。

だが、それ以上の情報は引き出せない。べつに口を閉じているわけではなく、本当に知らないようである。

的を秀信に定めたものの、捜査は行き悩んだ。山路は当初から秀信をマークすることに懐疑的であった。

秀信を割り出したきっかけは、時岡為二の愛人がマノンのママ岸辺百合子だったということである。その事実関係は杉野と秀信を直接的には結びつかせない。

ロイヤルホテル内にある時岡事務所の秘書団の中で、秀信が最もタクシー領収書の主に近いということが、わずかに被害者と犯人の間をつなぐ糸《トレース》である。地引の証言も頼りない。

「父親が被害者の元雇い主と愛人関係にあったことが、どうして息子を疑わせることになるのかね。父親の情事と息子はなんの関係もないはずではないか」

と山路は主張していた。

だが、父親を介して門井純子との間につながりがあったことは充分予想できる。そして秀信を純子の妊娠パートナーの位置に置けば、容疑者像としては充分である。

墨倉日左子と婚約が整ったとき、門井純子が妊娠した。秀信と時岡家の中絶要請にもかかわらず、純子があくまでも産むと言い張ったとする。純子の存在はせっかくの縁談を破壊する虞《おそれ》がある。時岡為二としては、重大な資金源を失い、今後の政界内での勢力にも影響してくる。

また、秀信はこのような政略、商略上のメリットに加えて、日左子の美貌にぞっこんであったというから、なんとしてもこの縁談を壊したくない。つまり、色と欲の二重の動機があることになる。

純子に直接手を下したのは杉野であろう。指示を下したのは秀信か、あるいは時岡為二か。このことによって杉野は時岡の弱味を握った。

時岡は杉野の仕事の報酬と口止め料としてブーケを買いあたえた。杉野がそれで満足していればよかったものを、増長した。捜査本部はそのような犯罪の構図を描いていた。

純子と秀信の間に接点が見つかれば、犯人像として申し分ない。捜査本部は捜査の方角に獲物の感触をおぼえながらも、あと一歩の詰めを欠いていた。この間に季節は夏を迎えていた。

帯広は稲葉に再三会った。稲葉の現役時代、マノンで秀信と門井純子のつながりを目撃、あるいはその情報を耳に入れているかもしれない。

「時岡の息子が会社を辞めて父親の秘書になったのは、私が岸辺百合子と心中を図る一年ほど前でした。その間、二、三度、父親の供をしてマノンへ来たことはありますが、門井純子と特別に親しくしていたような気配はありませんでしたね。

マノンには当時、三十名前後の女性がいて、門井純子は控え目で、あまり目立ちませんでした。秀信としても父親の愛人が経営している店ですから、目立つようなことはしませんでしたよ」

稲葉の言葉も佐山の供述をおおかた裏づけるものである。

「門井純子と時岡秀信の間には必ずつながりがあったと、私は睨んでいます。二人の関係はマノンで培《つちか》われたにちがいない。マノンはもともと要人に女性を斡旋《あっせん》するエージェントだったのでしょう。ママや杉野が門井純子を秀信に秘密裡に斡旋したとは考えられませんか。岸辺百合子がそんなことをあなたにほのめかしたことはありませんか」

男と女は寝物語で口が軽くなる。

「岸辺百合子は店のことについては、なにも話しませんでした。その点、口の堅い女でしたよ。だからこそ、要人たちも安心して女性の世話を頼めたのでしょう」

「もし岸辺百合子が門井純子と秀信の関係を知っていたら、時岡の耳に入っていたでしょうね」

「純子と秀信が単にホステスと客の関係であれば、耳に入れる必要もないでしょう。その関係を越えて深間になったとしたら、おそらく二人は、特に秀信は秘匿《ひとく》したでしょう。時岡は知らなかったかもしれませんね」

たしかに時岡為二ほどの社会的地位のある者であれば、自分に脅威を及ぼす存在を安直に抹殺《まっさつ》しようとは考えない。それはあまりにも危険が大きすぎる。自衛のために脅威を取り除こうとして、自分自身を滅ぼしてしまっては元も子もなくなる。

純子が妊娠して最大の脅威をおぼえる者は、そのパートナーである。時岡為二は六十二歳、パートナーになる能力はある。

だが、時岡がパートナーであれば、金で解決しようとしたであろう。純子があくまでも産むと言い張れば、産ませたかもしれない。

時岡に隠し子がいたところで致命傷にはならない。杉野を使って純子を取り除くのはあまりにも危険である。

秀信がパートナーであれば、彼に発生している縁談は確実に壊れる。犯人像としては時岡よりも秀信の方が近い。だが、時岡が手を貸しているかもしれない。

「稲葉さん、一つわからないことがあります」

帯広は言った。

「なんですか」

「あなたはマノンで門井純子に何度か会っていますね。それにもかかわらず、なぜそのことを黙っていたのですか」

「おもいだせなかったのですよ。マノンで会ったのは二、三度だったし、彼女と口をきいたわけではありません。どこかで出会っているような気はしましたが、マノンにいたとは気がつきませんでした。マノンには常勤の女の子と非常勤の子がいましたが、彼女は非常勤だったのだとおもいます。自宅に待機していて、ママや杉野の指示によって客のところへ赴《おもむ》いていたのではないでしょうか」

ここまできて帯広は攻めあぐねた。見込み捜査ではないかという不安が頭をもたげてくる。

「つまらないことですが」

稲葉がふと、なにかおもいだしたような顔をして、言いさした。

「なんですか。どんなことでもけっこうですよ」

「百合子と二、三度利用したことがあるホテルがあるのですが、赤坂の奥まった路地にあって、車のまま各部屋に入れるので、人目を憚《はばか》って会うのにはもってこいのホテルです。部屋の中で時折犬の鳴き声がするので、不審におもうと、百合子が、このホテルはペット連れ込みオーケーなので、ペット連れのカップルに人気があると言っていました。百合子はペットを飼っていませんでしたが、マノンから地の利がよいので、時間のないときは何度か利用しましたよ。彼女は、このホテルには店の客や女の子が来るかもしれないので、あまり使いたくないと言っていました」

それは藁《わら》にもすがるような聞き込みであった。門井純子は生前、コロを飼っていた。もしかするとコロを連れて男に会っていたかもしれない。

ペットがいるので彼と泊まりがけの旅行に出かけられない、と嘆いていたOLの手記を読んだ記憶がある。

ホテルの立地点を聞くと、マノンやロイヤルホテルから近い。ペット連れでなくとも、利用した可能性がある。そのホテルの名前は「トワイライト」。

稲葉からの聞き込みに基づいて、翌日、帯広は棟居と共にコロを連れてトワイライトへ赴いた。

都心の赤坂の奥の閑静な一隅にトワイライトは、ホテルというよりは和風の料亭の趣で、世間から隔絶されたようにひっそりとしたたたずまいを見せていた。

車で来た客は部屋に直結したガレージに車に乗ったまま走り込み、ホテルの人間と顔を合わせずに部屋に上がり込める。もちろん客同士が鉢合わせをすることはない。

各部屋には主として犬と猫用のトイレが設けられ、リクエストによってドッグフードとキャットフードがルームサービスされる。料金の支払いはフロントと各部屋を結ぶシューターによって行なわれる。徒歩で来る客はフロントを経由する。ここでフロント係と客が顔を合わせる。

コロは勝手知った足取りで、ロープの先を帯広を案内するように歩いて行く。

「どうやらコロはおぼえているようですね」

棟居が言った。

「コロは利口ですから、一度行った場所はおぼえています。やはりこの場所に前の飼い主に連れられて来ていますね」

帯広はコロの反応を見るために、連れて来たのである。

帯広はフロントで警察手帳を提示すると、手短に用件を伝えて、門井純子と時岡秀信の写真を示した。

中年の女性のフロント係は写真を手に取って見つめた後、首をかしげて、フロントに居合わせた初老の女性に写真をまわした。その間、コロは帯広のロープの先でロビーをくんくん嗅ぎまわっている。

「ああ、このお客様なら、何度かいらっしゃいました」

眼鏡越しに写真を観察した初老の女性フロント係が反応した。

「来ましたか。二人は一緒に来たのですね」

帯広はついに見つけたとおもった。

「最初、男のお客様が到着して、後から女性の方が合流しました」

「男が先に来たのですね。この写真の主にまちがいありませんか」

「まちがいありません」

彼女は断定した。

「車で来ればフロントを通らずに、ガレージから直接客室に入れるのではありませんか」

「このお客様はタクシーでいらっしゃいました。車だとガレージにチェックインする際、防犯カメラに撮影されますので、お忍びのお客様はそれを嫌う方もいらっしゃいます」

「女性はこの犬を連れていませんでしたか」

帯広はコロを指さした。

「さあ、ワンちゃんの方はよくおぼえていませんが、このワンちゃん、ここへ来たことがあるような顔をしていますね」

初老の女性フロント係はコロの方に視線を向けて言った。そのとき、最初に応対した中年の女性が、

「そのワンちゃんなら、私はおぼえています。とてもテレビが好きで、ルームサービスを

運んで行くと、いつもおとなしくテレビを見ていましたわ」

と言った。

コロはテレビが好きであった。特に歌番組やドラマが好きで、好みの番組の時間を知っていて、その時間になるとしきりに鳴いてせがむ。

「宿帳はとっていますか」

帯広は念のために聞いてみた。

「私どもでは、そのようなものはとっておりません。なにかあったときは防犯カメラが宿帳の代わりになります」

だが、秀信と純子は車に乗ったまま入室していないので、防犯カメラには撮影されていない。ともあれ、二人の接点を見つけた。

ここに門井純子と時岡秀信はつながったのである。

二人の報告に、捜査本部は沸き立った。直ちに新宿署の捜査本部にも連絡され、時岡秀信の任意同行が検討された。

その結果、
①時岡秀信と門井純子には特定の関係がある。
②秀信は犯行当夜、赤坂のロイヤルホテルから犯行現場の近くまで地引の車に乗った客

に似ている。

③②の結果として、杉野勉殺しの現場に遺留されていたタクシー領収書の持ち主に該当する。

④墨倉日左子との縁談が進行中であり、門井純子との関係の清算を迫られていた。

⑤マノン時代、杉野と知り合い、父親の影響力の下で純子殺しを杉野に指示できる位置にいた。

等から、杉野殺害の犯人像としてその容疑性は濃厚であり、まず任意同行を要請して事情を聴くことに、両捜査本部の意見が一致した。

罪のチケット

1

午前二時を過ぎると、タクシー営業所は次々に帰庫して来る車で活気を帯びる。水揚げ(売り上げ)のよかった運転手は意気揚々とし、ノルマに達しなかった運転手は消沈している。

だが、運転手は帰庫してすぐに一昼夜連続の乗務から解放されるわけではない。この後、料金を計算し、洗車しなければならない。

水揚げの悪かった運転手は、一台千円で洗車を請け負う。三台も洗車すればなんとかノルマに達する。料金の値上げに比例して、洗車代も値上げの傾向にある。腕の悪い運転手は洗車専門でけっこう稼ぐ。

「どうだった、今日は」

「まあまあだな」

「こっちはゴミばかりよ。ついてねえ」

「最初に蹴飛《けと》ばした（手を挙げている乗客を無視する。乗車拒否）のが悪かったな。それ以後、すっかり死んじまった」

「この仕事は一日終わるまではわからないよ。最後にダイヤモンドを拾ったな」

車から降り立った運転手たちは、その日の成果を語り合う。

地引もその日は朝から仕事の流れが悪く、一向に水揚げが上がらなかったが、深夜メーターに入ってから効率よく、中距離《セミロング》と遠距離《ロング》の客がつづいて、帰庫時間までに一挙に売り上げを伸ばした。

満足すべき水揚げを引っ提げて帰庫するときは、身体《からだ》は疲れていても気分はよい。これが逆のときは洗車する気力も残されていない。水揚げの悪いときほど、洗車まで他の運転手に頼むので、ますます実入りが減ってしまう。

「地《ジー》さん、ご機嫌のようだね」

車から降り立った地引に、ちょうど帰庫して来た仲間の榎本《えのもと》が声をかけた。

「いやあ、榎《エノ》さんか、そっちはどうだね」

「まるでお化けよ。こんな夜はろくなことはねえ。ネズミ捕りにでも引っかかれば、なけなしの水揚げがパーだよ。さっさと家に帰って寝るに限る」

榎本は言った。

近距離《ショート》の客ばかりで、回数の多い割りに一向に水揚げが伸びないのをお化けと呼ぶ。ノルマを果たすためには、帰庫時間を延長して朝まで走る以外にないが、そんなときはえてしてネズミ捕りの網にかかる。午前四時ごろのネズミ捕りは、タクシーだけを獲物にしているようなものである。

原則的に営業収入と走行距離は比例する。要するに、うんと走れば走るほど客につながり、営業収入が伸びる。限られた時間内に距離を稼ぐためにはスピードを上げなければならない。

その日のノルマを果たすためにラストスパートをかけているタクシーが、ネズミ捕りの好餌《こうじ》となるのである。

その日の仕事を終えた運転手たちの最大の話題は水揚げであり、仕事のツキである。それは戦場から帰陣して来た将兵が戦果を比べ合うのに似ている。

十年一日のサラリーマンの仕事と異なり、タクシー運転手の仕事の成果は、一乗務（出番）ごとに異なる。

タクシー運転手の仕事は自動操縦が利かない強制労働である。世の中の苛酷《かこく》な職業の中でも、最も苛酷な部類に入るであろう。

一ヵ月十二ないし十三出番で、いかにも休日が多そうであるが、一出番一昼夜連続勤務で、実ハンドル時間は十八時間前後に及ぶ。これに洗車や車両点検、点呼、食事時間などが加算される。

労基法では一出番十四時間とされているが、これを守っていたらタクシー運転手は生活ができない。

運転手がベースキャンプと呼んでいる車庫を出れば六Kが待っている。六Kとは、1タクシー強盗や交通事故などの危険、2近セン（タクシー近代化センター）、3罰金、4苛酷な長時間労働、5客の横暴、6競争（同業者による客の奪い合い）等である。これが時には七Kにも八Kにもなる。

このような苛酷な労働環境の中で、タクシー運転手は毎乗務のノルマを果たそうとして必死にハンドルを操る。

最初からタクシー運転手を志望する人間は、まずいない。脱サラ、倒産した自営業者、元教師、元証券マン、元工場経営者、ヤクザ、自衛隊員、また中には元僧侶《そうりょ》や作家などという変わり種もいる。そしていったんタクシーの水に染まると、そこに居ついてしまう者が多い。

六Kの苛酷な職業でも、運転手仲間がタク中と呼んでいる一種の麻薬のような味がタクシーにはある。

どんなに労働環境が苛酷で、低賃金であっても、いったん車庫を出てしまえば、自分の天下である。上役もいなければ人間関係に気を遣う必要もない。どこへ行こうと、その日そのときの客次第で、毎日べつの風が吹いている。

また行き先は客次第とは言うものの、仕事は自分が組み立てる。東京およびその近郊を網の目のように走る道路とその状況を巧妙につないで、一日の仕事の流れを組み立てる。水揚げはひとえにその組み立て方にかかる。

運転手によって流し専門もあれば、無線を得意とする者もいる。その両者を巧みにつなぎ合わせて稼ぐ者もいる。

空車のときもぼんやり走っているわけではない。むしろ空車の間に次の仕事の出発点を探している。

タクシーは決して行き当たりばったりに、客から客を渡り歩いているわけではない。新たな客を拾った地点が、新たな仕事の出発点となる。

客は運転手が組み立てた仕事の流れの部分として、その日のストーリーを構成する。だが、客は運転手の意図する方角やストーリーを叶《かな》えてくれるとは限らない。客の方向と運転手が組み立てたストーリーが合わないとき、仕事の流れが乱れてくる。

タクシー運転手はその意味で常に客と葛藤《かっとう》している。しかも、無線の指名客を除いて流しの客と二度出会うことはまずない。客ごとに一期一会《いちごいちえ》の出会いである。

二度と出会うことのない客と運転手であるから、客は横暴となり、運転手は無責任となりやすい。だが同時に、人間砂漠の貴重な出会いである。

その日その日のストーリーが変わる仕事、しかも行き先は不明、方角は自由である。行きたくない方角は蹴飛ばせばよい。

この自由感と一日単位の仕事のライフストーリーに取り憑《つ》かれて、運転手はこの業界から足を洗えなくなる。

地引も以前は、ある中堅どころの電気部品下請けメーカーの管理職であった。仕事は順調で、家庭も円満であり、まずは日本人の平均的幸せ市民であった。

ところが、地引の部下の営業担当社員が納品先の社員と結託し、実売額よりも低い金額で売ったと会社側に申告し、納品先と差額を山分けして着服していた。

それぞれの取り引きごとに納品先と共謀した内容虚偽の契約書と領収書を作成していたために、決算時の会計検査も潜《くぐ》り抜けていた。不正が露見して、地引も連帯責任を問われた。

この不正事件から地引はまったく蚊帳《かや》の外に置かれていたが、部下の監督不行き届きは免れない。事を内聞に付したかった会社側は、関係者を解雇しただけで、事件をもみ消した。部下を信頼していただけに、地引は人間不信に陥った。

会社勤めに嫌気がさした地引は、二種免許を取得して、タクシー運転手に転じたのである。

タクシーならば、他人の犯した罪によって連帯責任を問われることはない。上司、同僚、部下との人間関係に気を遣う必要もない。車庫を出ればどこへ行こうと、一人天下の自由気ままな身分である。

今日は水揚げがよかったせいか、体力も気力も充分余裕があり、洗車も苦にならなかった。これがノルマに達せず、冬季となると洗車は辛《つら》い。作業中、指先が凍えて神経痛が発する。

一通り洗い終わって車内を点検した地引は、後部シートと背凭《せもた》れの間にはさまっていた小さな物体を見つけた。

この間隙《かんげき》には客の遺留品がよく落ちている。座った角度から、ズボンのポケットの中のものが落ちやすいのである。靴べら、小銭、キイ、手帳、チケット、名刺などが遺留品の主なものである。

地引がその遺留品を指先につまみ上げた。地引はその物品を見つめながら、その遺留主について思案を凝らした。

タクシーには多数の客が乗る。また彼の乗務のとき乗った客が遺留したものとは限らない。裏番運転手の乗客の遺留品かもしれない。

高価な忘れ物や、乗客にとって価値のある品物であれば営業所に問い合わせがきているはずである。乗客が車番や運転手の名前をおぼえていれば、忘れ物はすぐに所有者の許《もと》へ返る。

地引は事務所からそんな問い合わせは受けていない。遺留主もどこで失ったのか忘れているのであろう。

地引は営業所の遺留品係にその物品を渡すと、二階の仮眠所へ上がった。

二日後の出番のとき、コロポックルに休憩に立ち寄った。今日は時間帯が中途半端だったせいか、常連の顔が見えない。コーヒーと同時に、常連の顔を見るのも、コロポックルの大きな楽しみの一つである。

コーヒーを飲み終わって、だれかが置き忘れて行ったらしい写真週刊誌のバックナンバーを取り上げた。なにげなくページを繰っていると、

「キングメーカーの御曹司、デートの現場」と書かれたキャッチフレーズの下に、見おぼえのある顔写真がクローズアップされている。解説記事には、

――高級レストランから忍びやかに出て来たお二人さんは、一見普通のカップルではありますが、よく見るとなんとなんと政界の大ボス時岡為二氏の御曹司、秀信氏ではありませんか。御曹司が仲睦まじげに寄り添った麗人はだれかとおもいきや、これがまたなんとなんと墨倉財閥の御令嬢、日左子様であります。お二人は婚約相整い、この秋の挙式を待つばかりの公認の仲。べつに人目を忍ぶ理由もないのですが、このようにいわくあり気に寄り添っていると、なにやら不倫のカップルに見えてくるのは、下種《げす》の勘繰りというものでしょうか。ご両人の結婚によって政財界の大ボスはますますその版図が拡大され、財力は確固たるものになりましょう。政略、商略結婚のサンプルのようなご両所でありますが、このように二人寄り添ったお姿は、また憎いほどお似合いのカップルなのであります。

秀信氏はじろっとカメラマンの方角を睨《にら》みつけると、ベンツに乗って颯爽《さつそう》と走り去ったのでありました。――

記事を読み終わった地引が、写真に改めて目を向けた。薄い色の入ったサングラスをかけた時岡秀信が、墨倉日左子を庇《かば》うようにして立っている。

地引の目はその胸元に固定された。彼の車内に遺留されていた物品とよく似ている。

凝視している間に、記憶がスパークした。

「あの男だ」

地引はおもわず声を発した。店内に居合わせた客の視線が集まった。

秀信の写真は帯広から示されている。その写真の底に潜んでいたもう一つの顔が、記憶の奥から浮かび上がって、重なり合った《オーバーラップ》。薄い色の入ったサングラス、カメラの方に顔を向けた角度《アングル》、シャッターが一瞬に固定した表情が、あの夜、バックミラーの死角にちらりと見たロイヤルホテルから北新宿の空き地まで運んだ乗客であった。

カメラが記憶の襞《ひだ》の奥に埋もれていた顔を掘り出したのである。

2

捜査本部は時岡秀信の任意同行要請を決定したものの、なお一抹の不安を抱えていた。事情聴取によって敵のボロを引き出せなければ、逆に守りを固めさせてしまう。敵を攻め崩す決定的な切り札を捜査本部は持っていない。

そこへ地引から新たな情報が寄せられた。早速、地引が提供した週刊誌に問い合わせて、件《くだん》の写真が領置され、その部分が拡大された。

同時に、地引のタクシー会社から領置した乗客の遺留品と比較対照され、同一物と確認された。

捜査本部に歓声があがった。捜査本部はついに切り札をつかんだ。

七月二十九日午前七時、新宿署と町田署の捜査本部員十余名は、目黒区緑が丘の高台にある時岡為二の東京邸を訪問して、秀信に任意同行を要請した。彼の在宅はあらかじめ確かめてある。

捜査員の混成部隊が大挙して訪問して来たときには、秀信はまだベッドにいた。殺人事件の捜査本部からの任意同行要請は、時岡家に強い衝撃をあたえた模様である。

折しも在宅していた時岡為二は、驚愕《きょうがく》の色を隠さず、

「このことは警視総監も承知の上のことだろうな」

と言った。

「参考人の任意出頭要請を、いちいち総監に報告いたしません」

帯広が言った。

「きみ、だれに対してものを言っているかわかっているんだろうね」

時岡は面に濃く怒色を塗って言った。

「もちろんです。お目にかかるのは初めてですが、時岡為二先生、よく存じ上げております」

「だったら、総監に話したまえ。相手を見てものを言うんだな」

「お言葉ではございますが、捜査情報を収集するための任意出頭要請でございます。総監を通すほどの大袈裟《おおげさ》なことではありません。それとも、総監を通さないと、なにか都合の悪い事情でもおありですか」

帯広の口調が皮肉っぽくなった。

「きさま……」

と言いかけ、時岡が絶句した。

その場から秀信は、任意性を考慮して新宿のホテルに用意した客室に同行された。ホテルでは町田署の捜査本部から出張って来た那須が秀信に応対した。補佐には新宿署から牛尾と青柳、町田署から帯広と棟居がついた。

「早朝からご足労いただいて申し訳ありませんな。お手間は取らせないつもりです」

那須が低姿勢に言った。その言葉裏に、素直に知っていることを話さなければ長引くかもしれないぞというニュアンスを含んでいる。

「どんなご用件ですか。突然、警察に呼ばれて面食らっていますよ」

秀信は父親の威光を笠《かさ》に着て、虚勢を張っている。暗に、おまえらの首を並べて吹っ飛ばせるんだと言わんばかりの姿勢が見える。

「お忙しいとおもいますので、手短にお尋ねします。門井純子さんをご存じですか」

「かどいじゅんこ？」

秀信の面に特に反応は見られない。

「二月二十一日、都下町田市の山林中で死体となって発見されました。以前、赤坂のマノンのホステスで、あなたの席にも何度か侍《はべ》ったことがあるはずです」

「ああ、あの門井純子ですか。だったら、おぼえています。彼女は可哀相なことをしました。なんでも自殺をしたそうですね」

「自殺と断定されたわけではありません」

那須はぴしりと遮《さえぎ》って、

「門井さんとはマノンで会っただけのご関係ですか」

と問うた。

「そうですよ。関係と言うほど大袈裟なものではありません」

「門井さんは妊娠していました」

「妊娠……はあ」

「あなたには妊娠の相手にお心当たりはありませんか」

「そんな心当たりなんかあるはずがないでしょう」

秀信の語気が少し強くなった。

「そうですか。我々はあなたも彼女の妊娠パートナーの一人に数えているのですがね。それも有力な一人に……」

「失礼なことを言うな。私は彼女とマノンで一、二度会ったきりだ。それ以外、なんの関係もない」

秀信が言葉遣いを崩した。

「とはおもえないような事実が浮かび上がりましたのでね」

「とはおもえないような事実とは、なんだね」

秀信の面に不安の色が揺れた。

「赤坂にトワイライトというホテルがあるのをご存じですね」

那須の窪《くぼ》んだ目がぎらりと光った。知らないとは言わせないと、その眼光が威圧している。

「トワイライト……名前だけは聞いたことがあるが」

秀信の歯切れが悪くなった。

「トワイライトのフロント係が、あなたと門井純子さんが連れ立って何度か来た事実を認めましたよ」

束《つか》の間《ま》沈黙が落ちた。突然静寂を破って、秀信が笑いだした。

「なんだ、知っていたのですか。警察も人が悪いですね。だったら、初めからそう言ってくれればよいのに。プレイです。たがいに軽い気持ちの遊びですよ。私も彼女もつき合っていることが表沙汰《おもてざた》になると、彼女は客の人気を失い、私も縁談やその他、都合の悪い事情がありまして隠していたのです。べつに他意はありません」

秀信は笑ってごまかそうとした。

「ところが、門井さんには生前、あなた以外に特定のパートナーは見当たりません。妊娠の相手方はあなたと考えざるを得ないのですが」

「どうしてそんなことが言えるんです。彼女はコールガールだ。不特定多数の客の相手をしている。胎児もだれの子かわかったもんじゃない」

「ほう、どうして門井さんがコールガールであったとご存じなのですか」

那須に突っ込まれて、秀信は咄嗟《とっさ》に返す言葉を失ったが、

「そ、それは、マノンでそんな噂《うわさ》を耳にしたからだ」

と辛うじて言い逃れた。

「当時、マノンで店長を務めていた杉野勉をご存じでしょうな」

那須はこだわらず、質問の鉾先《ほこさき》を転じた。秀信は仕方なさそうにうなずいた。

「彼が新宿のマンションの自宅で殺されたことも知っていますね」

「新聞でそんな記事を見たことがあるが、詳しいことは知りません」

「五月二十一日の夜、どちらにおられましたか」

「どうしてそんなことを聞くんだ。まるで容疑者扱いではないか」

秀信は憤然となった。

「どうしてそんなにむきになるのですか。多少とも関わりのあった方にはすべてお尋ねしていることですよ」

「私は杉野とはなんの関係もない。二、三度行ったことのあるマノンの店長だったというだけではないか。私はもうなにもしゃべらないぞ。弁護士を呼んでくれ」

「お望みとあらば呼びますが、杉野とあなたは単に二、三度行ったことのある店の店長と客というだけの関係ではないことがわかりました」

「なんだって」

秀信の面を塗った不安の色が濃くなっている。

3

「これにご記憶がありますか」

那須に目配せされて、新宿署の牛尾が小さな紙片を時岡秀信の前に差し出した。秀信の目が訝《いぶか》しげに紙片に向けられた。

「これはタクシーのレシートです。杉野が殺された夜、ロイヤルホテルから杉野のマンションの近くまで乗ったタクシーの客が持っていたレシートですよ。このレシートが杉野の死体の下敷きになっていたのです」

「そ、そんなことが、おれにどんな関わりがある。タクシーのレシートなどだれでももらえる」

「このレシートは杉野の生前最後の訪問者しかもらえません。つまり、レシートの主は犯人です」

「だから、おれと犯人がどんな関係があると言っているんだよ」

「あなたが犯人です。あなた以外に犯人はあり得ない」

那須が言った。

「な、なんだって」

秀信は愕然《がくぜん》として返す言葉に滞った。

「これをご覧ください」

那須にふたたび目配せされて、帯広と棟居が用意してきたものを秀信の前に差し出した。

一冊の古い写真週刊誌と、一本のネクタイピンである。

「この週刊誌に撮影されているのはあなたですね」

当該のページを開いて、那須は指さした。

「盗み撮りをしたものだろう」

秀信は那須が週刊誌を取り出した意図を探るように言った。

「こちらが同じ写真の一部を拡大したものです」

さらに棟居が差し出した印画紙は、被写体の胸の部分が拡大されている。

「ネクタイピンにご注目ください。写真に写っているピンは、ここにあるピンと同一物ですね」

那須は帯広が差し出したネクタイピンを指さした。海賊旗を象《かたど》った珍しい形のネクタイピンである。

秀信は那須の真意がわからず、肯定も否定もしない。

「このネクタイピンがどこにあったとおもいますか。レシートの主が乗車したタクシーのシートと背もたれの隙間に落ちていたのですよ。つまり、犯人がネクタイピンを落としたのです」

「ど、どうして、そんなことが言えるのだ。タクシーなんて、いつ、どこででも乗れる。

おれが仮にそのタクシーにネクタイピンを落としたとしても、杉野が殺された夜に乗ったとは限らないだろう」

秀信は土俵際で粘った。

「その通りです。しかし、運転手がおもいだしたのですよ。犯行当夜、あなたをロイヤルホテルから杉野のマンションの近くまで乗せたことをね。料金は二千七百七十円、あなたは一万円札を出して、お釣りと共にレシートを受け取った。そして、そのレシートを杉野の死体の下に遺留したのです。

現場には犯人の指紋はまったく残されていませんでした。しかし、タクシー運転手の証言によると、あなたが釣り銭を受け取ったときは手袋をしていなかったそうです。もしあなたに後ろ暗いところがなければ、レシートの表面から顕出された指紋と対照するために、協力者として指紋を提出していただけませんか。もし協力を拒めば、タクシー運転手と対面していただくことになります」

那須は止《とど》めを刺すように言った。

秀信はなおも言を左右にして言い逃れようとしたが、証拠を揃《そろ》えての鋭い追及に、ついに追いつめられた。

秀信の自供は次の通りである。

「門井純子とはマノンで知り合ってからつき合うようになった。当初は遊びのつもりだったが、次第に純子が熱くなってきた。墨倉日左子と婚約が整ったころとほぼ時期を同じくして、純子が妊娠した。私は中絶するように頼んだが、純子は絶対に産むと言い張った。純子は、あなたの婚約を邪魔するつもりはない、二号でも三号でもいいからそばに置いてくれ、あなたの子供が欲しいと訴えた。しかし、私はすでに熱が冷めていた。コールガールに時岡家の血を引いた子供を産ませるわけにはいかない。そんなことが表沙汰になったら縁談は壊れ、政界進出の夢も消えて、父の政治生命にまで関わる。

当惑していた私を見て、杉野が自分に任せろと言ってきた。自分に任せてくれれば八方丸く収めてやるという彼の言葉を信じて任せたら、間もなく純子が町田市の山林中で自殺死体となって発見された。そのときは、まさか杉野が自殺を偽装して殺したとはおもわなかった。間もなく杉野は恐喝者の牙《きば》を剝《む》き出して、私に金品を要求するようになった。私は杉野に任せるとは言ったが、殺してくれと頼んだおぼえはないと抗弁したが、杉野はせせら笑って、そんなことが通るとおもっているのか、孕《はら》んだ女がどうしても産むと言い張ったら、息の根を止める以外に方法はない、すべてを任せるというのはそういうことなんだよ、おれが一言でもしゃべってみろ、あんたの居心地よい現在と、洋々たる将来は木《こ》っ端《ぱ》みじんだ、あんただけじゃない、後継者たる御曹司がコールガールと通じて妊娠させ、母子共に他人《ひと》に頼んで殺させたことが露見すれば、親父《おやじ》さんの政治的生命にも関わるよ、と恫喝《どうかつ》した。そして、ブーケを買う資金を出せと要求してきた。

　とりあえずその金をあてがって杉野の口を塞《ふさ》いだが、これから一生、吸われつづけることは目に見えていた。杉野がいる限り、私は一生怯《おび》えて暮らさなければならない。父の地盤を継いでどんなに昇りつめて行ったところで、杉野の奴隷《どれい》だ。私はついに杉野を殺そうと決意した。

　あの夜、杉野から要求された金を渡すから、自宅で待っているようにと告げて、出かけた。マイカーから足がつくのを恐れてタクシーを使った。まさかネクタイピンをタクシーの中に落としたとはおもわなかった。杉野はまったく警戒していなかった。ぼんぼんの私がそこまで決意したとはおもわなかったようだ。金を渡すと早速、数え始めた。金に目がくらんで、私の存在などは意識の外に飛んでしまったらしい。隠し持って行ったハンマーで頭を力一杯叩くと、妙な悲鳴を発して昏倒《こんとう》した。悪の割には呆気《あっけ》なかった。床に倒れた杉野を、念のために鼻腔《びこう》を押さえて、わずかに残っていた息の根を止めた。

　杉野が死んだのを確かめた後、室内に遺留品がないかよく見届けて、現場から立ち去った。家に帰り着いてから、ネクタイピンが失われているのに気づいた。しかし、杉野の家に探しに戻る勇気も気力もなかった。ネクタイピンを現場に落としたとは限らない。杉野の家へ行く前か、あるいは後に失ったかもしれない。それに現場はよく確かめたが、遺留品はなかったはずだ。私は自分に言い聞かせた。

翌日、杉野の死体が発見され、捜査が始められたが、ネクタイピンのことは報道されていなかった。刑事が追いかけて来る気配もなかった。重大な証拠が杉野の死体の下敷きになっていたとは知らなかった。タクシーのレシートなどはもらったことがない。それがあの夜に限ってもらったのは、きっと天が私に罪のチケットを切ったのだろう」

時岡秀信の自供によって、事件は解決した。

砂漠の日曜日

1

与党の要路に立つ大物政治家の子息の犯罪とあって、マスコミは派手に報道した。

時岡為二は記者会見を開いて、

「息子が犯した罪に対して、父親として重大な責任を痛感している。ひとえに親の不徳のいたすところであり、世間に対してお詫《わ》びの言葉もない。私は息子に完全に欺《あざむ》かれた。気配でも感じ取っていれば、かかる不祥事は絶対に起こさなかったはずである。国民の皆様に深くお詫びを申し上げ、息子の不祥事を私が社会に対して負った債務として、私の命の限り全力を尽くして返済していく所存であります」

と謝罪した。

だが、国民に対して謝罪の言葉を繰り返しながら、息子の犯行にはまったく関知していないと巧みに主張して、父親の不徳のいたすところではあっても、責任はないと言い逃れていた。

時岡はすべて秀信のせいにして逃れた。だが時岡が知らないはずはない。杉野のブーケ購入資金は時岡から出ているにちがいない。だが息子は父を庇《かば》った。父からトカゲの尻尾《しっぽ》切りをされても、父を庇い通した。そこに秀信の人間性がわずかに感じられる。父親から切り捨てられた息子が、父を庇い通した。そこにこの事件のわずかな救いがあった。

裏づけ捜査を終り、町田署、新宿署両捜査本部の合同打上げ式において、捜査員たちは顔を揃《そろ》えた。那須が立って、

「定年を延長して捜査に加わった帯広刑事の執念が、犯人逮捕に結びついた。我々は帯広さんのような刑事を仲間に持ったことを誇りにおもう。帯広さんはこの捜査を最後に退職するそうだ。帯広さんの第二の人生のスタートを祝って、盃を上げたい。皆さん、ご唱和願います」

と言った。

那須の発声に合わせて、一同が乾杯と唱和した。

「これでお別れとおもうと、名残惜しいですね」

那須班の敵役《かたきやく》山路が柄になくしんみりとした口調で帯広に握手を求めた。草場、河西《かさい》、

辻《つじ》、下田《しもだ》など那須班のメンバーが次々に握手を求め、また新宿署から牛尾、青柳などが手を差し延べてきた。

最後に棟居が来た。

「帯広さんを失うのは警察の損失です」

棟居が言った。

「とんでもない。私のような時代錯誤の刑事はもはや必要ありません。組織と科学捜査を阻害するばかりですよ。これからは棟居さん、あなたのような若い刑事の出番です」

帯広は言った。

帯広は棟居がその家族を凶悪犯罪の被害者として失ったことを知っている。大きな悲嘆を背負って社会悪と戦っているこの若い刑事に、帯広は安心して後事を託せるような気がした。

「これからは捜査権を失いますが、警察のシンパとして微力ながらご協力しますよ。警察を辞めるからといって、悪と妥協するつもりはありません」

帯広は誓った。

「心強い言葉ですね」

「警察を辞めても、刑事の魂を失うわけではありませんからね」

「刑事の魂ですか。いい言葉だなあ。そういう言葉を忘れたわけではないが、しばらく聞きませんでした。組織と科学万能の捜査では、魂もいつの間にか肩身が狭くなっています」

牛尾が会話に加わった。

「どんなに科学や組織が幅を利かせても、結局、犯人を捕らえるのは人間ですよ。ロボコップが犯人を捕らえるようになったら怖い」

草場が言った。

「仏作って魂入れずと言いますが、ロボコップ作って魂を入れないと困りますな」

河西が言ったのに、

「雀《すずめ》百まで踊り忘れず、刑事百まで魂忘れずだよ」

と那須が言い返したので、一同がどっと沸いた。

打上げ式が終わって外へ出ると、夜が更けていた。副都心のど真ん中でも、夜気に爽《さわ》やかな初秋のにおいがある。

事件が発生してから帯広は季節を忘れていた。犯人を追跡して捜査に携わっている間に、世間はいつの間にか花が咲き、花が散り、新緑が老《お》いて夏が行き、はや秋の門口に立っている。

季節の変遷を見ながら、目は犯人の姿を追い、鼻はその臭跡を嗅《か》いでいた。

こんなことではいけないな、と帯広は自らを戒めた。余裕のない捜査は見込み捜査へ傾きやすい。

おもえば帯広は刑事になって以来、四季の変遷をしみじみと見つめたことがなかった。東京砂漠に四季はなかったとも言える。

だが、この爽やかな夜気はどうだ。砂漠の中にも探せば四季はある。帯広は急に人恋しくなった。棟居や牛尾は社会悪と戦う戦友ではあるが、砂漠の旅の道連れではない。帯広はコロポックルの常連に会いたくなった。

2

警察を退職した帯広は、コロポックルの常連の位置に返った。コロポックルでは常連たちが集まって、帯広のために歓迎会を開いてくれた。歓迎会といっても、店でコーヒーを飲みながら賑《にぎ》やかに話すだけである。

帯広を歓迎するために常連全員が久し振りに顔を揃えた。

「犯人を捕らえたのは、ひとえに皆さん方のご協力の賜物《たまもの》です」

帯広は改めて礼を述べた。

「協力なんてとんでもない。偶然、そういうめぐり合わせになっただけですよ」

地引の言葉に一同がうなずいた。

「なんでも、地引さんが切ったレシートが犯人を捕らえる手がかりとなって、犯人は神様から罪のチケットを切られたような気がすると言ったそうですね。つまり、天の配券というところでしょうか」

稲葉が言った。

「さすがは元エリート官僚ですね。言うことがちがう。そう言えば、藤江さんがブーケに入ったり、菊川さんが大安運送の女社長殺しの報道をしたことも、私がロイヤルホテルの窓の中に門井さんを見かけたのも、稲葉さんが時岡為二の元運輸秘書官だったことも、天のめぐり合わせのような気がします」

弘中が言った。

「私だけがなんのお手伝いもできずに、面目ありません」

三谷が大きな身体《からだ》をすくめるようにして言った。

「そんなことないわよ。門井純子さんがなぜコロポックルに立ち寄ったかわかる？」

尾花藤江が謎をかけるように、一同の顔を見まわした。

「さあ」

「彼女ね、相撲のファンだったのよ。きっと現役時代の力王をおぼえていたのね。意外なところに力王を見かけたので、立ち寄ったのよ。それがきっかけになって、帯広さんが犯人を追いつめたのよ」

帯広は藤江の言葉に、門井純子の書棚に、育児書と並んで相撲の本があったことをおもいだした。

「私でもお役に立ったのですか」

三谷の顔が輝いた。

「きっと人間砂漠のオアシスに私たちが集まったのも、神様のお引き合わせかもしれないわ」

藤江の言葉に一同が改めてうなずいた。

「でも、おかげで帯広さんは五割増しの退職金を失ったね」

地引が言った。

「いやいや、門井純子さんに対するせめてもの香典です」

帯広は自嘲《じちょう》するように言った。

犯人を捕らえても、帯広の債務を返済したことにはならない。今後の余生もその債務を背負って行くことになるだろう。債務を背負いつづけることが、返そうとするせめてもの姿勢である。

人間砂漠の旅行者が水を背負うかわりに、債務を背負って行く。それはまさに人間砂漠の旅人にとって、ふさわしい荷ではあるまいか。

明日からは毎日が日曜日であるが、砂漠の日曜日には安息はない。せめてオアシスのコーヒーを一喫する間、背負った荷を下ろすだけである。

「そうそう、今度ブーケの経営を私が引き受けることになったのよ。皆さんをご招待するから、ぜひいらして」

藤江が言った。

経営者が死んで、藤江が引き継ぐことになったのであろうか。その間の事情はわからぬながらも、ブーケもまた確実に砂漠のオアシスの一つとなるであろう。

「一度は藤江さんに招《よ》ばれても、わしらが気軽に寄れないオアシスだな」

同じことをおもったらしい地引が言った。

「大丈夫、コロポックルの常連は学割にするわ」

藤江が言った。

それから数日後、帯広は桐島靖子が死んだという噂《うわさ》を聞いた。棟居が推測した通り、彼女は自分の死を予感して、堅い口を割ったのである。

帯広には靖子が寄せてくれた情報が、砂漠の旅人の遺言のようにおもえた。

解説

山前《やままえ》　譲《ゆずる》
（推理小説研究家）

ひと口に砂漠といっても、その成因によって幾つかに分類できるようだ。ただ、いずれにしても、見渡す限り砂や岩ばかりで、植物はほとんど生息していない不毛の地であるのは間違いない。サハラ砂漠に不時着した飛行機の乗客乗員たちを描いた映画『飛べ！フェニックス』（一九六五）を観たときには、その過酷な自然状況からの脱出劇に引き込まれてしまったものである。

かなりレアなケースだろうが、砂漠を運悪くさ迷うことになってしまった時、水が湧き、樹木が茂っているオアシスを発見したならば、生きようという意欲が駆り立てられるに違いない。それが転じて、「都会のオアシス」とよく言われる。人間関係の希薄な、人間砂漠とも称されてきた大都会で、疲れを癒やし、心の安らぎを得、明日への活力を与えてくれる場所を見付けることのできた人は幸せではないだろうか。

森村誠一《もりむらせいいち》氏の『棟居刑事の砂漠の喫茶店』は、そんな都会のオアシスとなっている喫茶店が、犯罪捜査のオアシスと言いたい存在にもなっている。手掛かりの少ない犯罪、いや最初は犯罪かどうかすら分からない死の謎が、そのオアシスでの人間関係をもとに解きほぐされていくからだ。

警視庁の巡査を拝命して三十年余り、帯広《おびひろ》は犯罪捜査に身を粉にしていた。だが、そろそろ自分の自由に生きてもいいのではないか、と思う。勧奨退職の対象年齢である満五十七歳で退職することを決意するのだった。退職まであと一年弱、第一線を外れてようやく家の近所を散歩するゆとりができた。そんな時に発見したのが喫茶店のコロポックルだった。インテリアの落ち着いた雰囲気と美味しいコーヒーが彼に癒やしをもたらす。まさに灯台もと暗しだった。帯広は常連客のひとりとなる。

タクシーの運転手の地引《じびき》、中央官庁の元役人だという稲葉《いなば》、元力士でちゃんこ鍋の店をやっている三谷《みたに》、新聞記者上がりのフリーライターの菊川《きくかわ》、成熟した色気を全身にまぶしている尾花藤江《おばなふじえ》、ビル清掃の作業員の弘中《ひろなか》といった他の常連客との付き合いが、帯広には心地よかった。

そこにひとつの事件が起こる。新たな常連となりつつあった若い女性が、いつも連れていたダックスフントをコロポックルの店先に置き去りにして、姿を見せなくなったのだ。

帯広がその犬を引き取ったのだが、その飼い主と思わぬ形で再会する。

都下町田市管内の雑木林の中で、女性の死体が発見された。解剖所見は、自・他殺いずれとも意見は述べていなかったが、その死体の写真を見たとき帯広は目を剝《む》く。コロポックルにダックスフントとともに訪れていた女性だったのだ。定年まであと一ヵ月だというのに、帯広は志願して捜査本部に加わる。

なぜ？　じつはその女性、門井純子《かどいじゅんこ》と深い因縁があったことを帯広は思い出したのだ。それは帯広にとって忘れられない事件であり、そして今なお背負う人生の債務だった。その債務をあらためて意識することになった帯広は、刑事として最後の執念を見せる。その思いを受けとめ、帯広の捜査をサポートするのがお馴染みの棟居《むねすえ》刑事だ。

一九六五年に最初の著書となる『サラリーマン悪徳セミナー』を刊行した時、森村氏はホテルマンだった。一九六九年に『高層の死角』で江戸川乱歩賞を受賞し、『新幹線殺人事件』（一九七〇）がベストセラーとなり、そして一九七三年に『腐蝕の構造』で日本推理作家協会賞を受賞するといった初期の作家活動は、私怨の時代だった。

ホテルに勤務して知ったのは、サラリーマンが会社組織の部分品にしか過ぎないことである。歯車の一齣にしかすぎなかったのだ。そこには大小や色合いの違いはない。もし欠けてもすぐに補充される。個人のアイデンティティはなかった。なんとかその鉄筋の畜舎から抜け出して、社会に自分の名を刻みたい。そんな私怨が初期の森村作品には漲っていた。

『人間の証明』（一九七六）に初めて登場した棟居弘一良もまた私怨の刑事だった。母は幼い頃に男をつくって逃げてしまった。父は占領時代、理不尽にもアメリカ兵の手で命を奪われてしまった。人間全体に復讐するために刑事になったのが棟居だ。

それが、〈証明シリーズ〉として『青春の証明』（一九七七）と『野性の証明』（一九七七）が書き継がれていくなかで、登場人物が背負った債務とその履行というテーマが浮かび上がってくる。続く『白の十字架』以下の〈十字架シリーズ〉では、十字架が心の債務の象徴となっていた。

やはり森村作品のシリーズキャラクターで本書にも登場する新宿署の牛尾《うしお》刑事は、初登場作の『駅』で家族のひとりが犯罪の犠牲者となっている。棟居刑事も妻子が殺されてしまう。ただ、牛尾や棟居はそれを私怨とせず、債務として犯罪捜査に取り組んでいるのだ。また、太平洋戦争を背景にした『星の旗』（一九九四）や『笹の墓標』（二〇〇〇）といった作品では、日本の国家としての債務が描かれていた。

そしてコロポックルには、帯広以外にも債務を抱えている常連がいた。その常連が、新たに判明した女性の謎の失踪によってますます混迷していく、帯広と棟居の捜査に光明を灯すのである。

まずはタクシードライバーの地引だ。都心のホテルから乗せた乗客の身元が、事件の核心に迫る手掛かりとなる。一生に一度の機会を「一期一会」と言うが、タクシードライバーと乗客の関係はまさにその「一期一会」だろう。人口が多く、そしてタクシーの台数も多い都会ならなおさらである。

そのたった一度の出会いが、犯罪を誘起することもある。たとえば森村氏の長編『路《みち》』（一九九五）である。神奈川県厚木市の農道で血まみれのタクシー運転手の死体が発見された事件の、犯人へのルートはじつに頼りないものであった。人間関係に不確定要素の多いタクシードライバーが、森村作品では幾度となく犯罪に絡んできた。

帯広は地引の「一期一会」から得た情報をもとに、丹念な捜査と発想の転換を重ねて真相への道筋を見出していく。その根拠はタクシードライバーならではの観察力だった。同様に、コロポックルの常連たちの過去と現在から、膠着《こうちやく》した捜査の手掛かりが得られるのだった。だからコロポックルは捜査のオアシスともなっているのだ。その喫茶店の常連の多彩なキャラクターからは、森村氏が社会に向けている鋭い視線を感じ取ることができるだろう。

この長編ミステリーは一九九九年三月、『砂漠の喫茶店』と題して実業之日本社から刊行された。森村作品にはほかにも「砂漠」をタイトルに織り込んだ長編がある。

愛する息子を無残にも殺害された刑事が執念の捜査をつづける『神より借りた砂漠』(一九八二)、同時間に発生した二件の殺人事件がミステリーとしての興味をそそる『棟居刑事の砂漠の暗礁』(一九九三)、新宿での不可解な失踪事件を牛尾刑事が捜査する『砂漠の駅《ステーション》』(二〇〇〇)といった作品だが、いずれも砂漠は負のイメージだった。

しかしここでは、コロポックルという喫茶店と結びつけられたことで、ポジティブなイメージが与えられている。ちなみにコロポックル(コロボックル)は北海道や千島、あるいは樺太に住むアイヌの伝承に登場する人たちだが、「蕗《ふき》の葉の下の人」という意味だという。アイヌが住みはじめる前の先住民とされているが、確かなことは分かっていない。ただ、なんとなくユーモラスでキャッチーな名称だけに、それを店名とした飲食店は北海道に限らずいくつもあるようだ。

なかでも信州の霧ヶ峰にある山小屋の「ころぼっくるひゅって」には、森村作品の愛読者ならば心惹かれるに違いない。一九五六年から営業しているとのことだが、大学生の時やホテルマン時代に山歩きを趣味としていた森村氏だから、もしかしたらこの山小屋を目にしたことがあるかもしれない。現在はカフェも併設されていて、そこで供されるコーヒーはかなり美味しいとのことだ。

帯広たちは、コロポックルでコーヒーをゆっくり味わい、安らぎを得ているが、森村氏のコーヒーへのこだわりはつとに知られている。自宅や熱海の仕事場の近くには、行きつけの喫茶店がある。

全日本コーヒー協会のウェブ・サイトに掲載されているエッセイ「珈琲の美しき香り。」には、〝喫茶店は、自宅と異なる人生の拠点になっている。珈琲の味、店の雰囲気、家族と異なるマスターとの切っても切れない人生のオアシスになっている〟と書かれている。

本書のコロポックルがそんな喫茶店のひとつであるのは間違いない。

馥郁《ふくいく》としたコーヒーの香りに己の人生を重ね合わせていた、そのコロポックルの常連たちのサポートがあっての帯広刑事の捜査は、ついに巨悪を暴く。それで債務が返済されるわけではない。しかし、コロポックルでコーヒーを一喫する間、帯広たちは背負った荷を下ろすことができるのだ。それはまさにオアシスなのである。

一九九九年三月　実業之日本社刊
二〇〇一年四月　ジョイ・ノベルス刊
二〇〇四年五月　中公文庫刊
※『砂漠の喫茶店』改題
※この作品はフィクションであり、実在する人物・団体・事件などとは一切関係がありません。

光文社文庫

長編推理小説
棟居刑事《むねすえけいじ》の砂漠《さばく》の喫茶店《きつさてん》
著者　森《もり》村《むら》誠《せい》一《いち》

2021年1月20日　初版1刷発行

発行者　鈴木広和
印刷　堀内印刷
製本　榎本製本

発行所　株式会社光文社
〒112-8011　東京都文京区音羽1-16-6
電話　(03)5395-8149　編集部
8116　書籍販売部
8125　業務部

ISBN978-4-334-79140-7　Printed in Japan

組版　萩原印刷